Ein Ehrenmann

George Cary Eggleston

Writat

Diese Ausgabe erschien im Jahr 2023

ISBN: 9789359253794

Herausgegeben von
Writat
E-Mail: info@writat.com

Inhalt

VORWORT.

Ich war schon lange neugierig, ob ich eine ziemlich gute Geschichte schreiben könnte oder nicht, und jetzt, da die Verlage dabei sind, die üblichen Presseexemplare dieses Buches an die Kritiker zu verschicken , bin ich in diesem Punkt durchaus neugierig befriedigt.

KAPITEL I.

Mr. Pagebrook steht auf und ruft einen alten Gesetzgeber an.

Herr Robert Pagebrook war „blau". Das ließ sich nicht leugnen, und zum ersten Mal in seinem Leben gab er es zu, als er an einem Septembermorgen im Bett lag, die Hände über dem Kopf verschränkt, während sein wohlgeformter und muskulöser Körper unter einer dünnen Hose in träger Länge ausgestreckt war Abdeckung von Blatt. Er war auch bissig, wie sein treuer Diener herausgefunden hatte, als er vor einer halben Stunde anklopfte und eine ziemlich pointierte und völlig unvernünftige Aufforderung erhielt, „seinen Geschäften nachzugehen", da seine einzige Aufgabe im Moment auf dem Revier von Mr. lag. Robert Pagebrooks Zimmer, zu dem ihm daher der Zutritt verweigert wurde. Der alte Diener hatte gehorcht, so gut er konnte, ging nicht seinen Geschäften nach, sondern wich davon ab und fragte sich dabei, was mit dem jungen Herrn geschehen war, den er noch nie zuvor launisch gefunden hatte.

„MR. ROBERT PAGEBROOK WAR ,BLAU'."

Es war klar, dass Mr. Robert Pagebrooks Überlegungen alles andere als angenehm waren, als er da lag und nachdachte, nachdachte, nachdachte – und sich entschloss, nicht mehr nachzudenken, und sofort wieder härter denn je darüber nachdachte. Seine Störung war auf eine Kombination mehrerer Ursachen zurückzuführen. Zum einen waren seine schlammigen

Stiefel gut zu sehen, und er war sich schmerzlich bewusst, dass sie wahrscheinlich nicht schwarz werden würden, nachdem er den alten Moses vertrieben hatte. Dies erinnerte ihn daran, dass er Temperament gezeigt hatte, als Moses' sanftes Klopfen ihn gestört hatte, und dass er es als Schwäche ansah, ohne triftigen Grund Temperament zu zeigen. Schwächen waren seine liebste Abneigung. Schwäche fand bei ihm wenig Toleranz, besonders wenn die Schwäche sich in seiner eigenen Person zeigte, aus der er sein ganzes Leben lang solche Gebrechen gezüchtigt hatte. Seine Gereiztheit gegenüber Moses trug daher zu seinem Ärger bei und wurde zu einer zusätzlichen Ursache dessen, was ihn zur Folge hatte.

Unser junger Herr gab, wie ich bereits sagte, zu, dass er deprimiert war, und als er es zugab, verachtete er sich selbst deswegen. Sein starker Mann rebellierte gegen seine eigene Schwäche und verspottete sie, was sicherlich keine gute Möglichkeit war, sie zu heilen. Er leugnete, dass es irgendeine gute Entschuldigung für seine Depression gab, und geißelte sich innerlich, weil er dieser Depression nachgegeben hatte, ein Prozess, der ihn natürlich nur noch mehr dazu brachte, ihr nachzugeben. Es deprimierte ihn, zu wissen, dass er schwach genug war, um deprimiert zu sein. Meiner Meinung nach hat er sich selbst sehr großes Unrecht getan. Tatsächlich war er sehr unvernünftig mit sich selbst und hatte es verdient, die Konsequenzen zu tragen. Ich sage das ganz offen, denn ich bin der Chronist der Taten dieses jungen Mannes und keineswegs sein Apologet. Er hatte sicherlich guten Grund, düster zu sein, denn er hatte zwei ziemlich schwierige Dinge zu bewältigen, nämlich einen jungen Mann ohne Situation und eine Enttäuschung in der Liebe oder Fantasie, die oft mit Liebe verwechselt wird. Ein Umstand, der die Sache noch schlimmer machte, war, dass der junge Mann ohne Situation, für dessen Zukunft Herr Robert Pagebrook sorgen musste, Herr Robert Pagebrook selbst war. Dies allein hätte ihn nicht besonders beunruhigt, wenn da nicht seine anderen Probleme gewesen wären; Denn der große, massige Kerl, der mit über dem Kopf verschränkten Händen dalag und „nachdachte", wie er es ausgedrückt hätte, verfügte über zu viel körperliche Kraft, zu viel Gesundheit und folglich einen tierischen Geist, um weder der Zukunft noch seiner eigenen zu misstrauen Fähigkeit, mit allen damit verbundenen Schwierigkeiten umzugehen. Für Männer mit breiter Brust und großen, muskulösen Beinen und Armen wie ihm sieht die Zukunft sehr vielversprechend aus. Außerdem wusste unser junger Mann, dass er für den Kampf mit der Welt gut gerüstet war. Er wusste sehr gut, wie er auf sich selbst aufpassen sollte. Als Junge hatte er während der langen Sommerferien Landarbeit geleistet, eine Aufgabe, die ihm sein aus Virginia stammender Vater gestellt hatte, der einen brillanten Intellekt in einem gebrechlichen Körper in einen westlichen Staat gebracht hatte, wo er geheiratet hatte, gestorben war und seine Witwe hier zurückgelassen hatte Sohn, für den er sich in seiner eigenen Schwäche nichts so sehr wünschte wie körperliche

Stärke und körperliche Gesundheit. Der Junge war zu einem kräftigen Jugendlichen herangewachsen, als die Mutter starb, und hinterließ ihm kaum irdische Besitztümer außer gut gefestigten Gliedern, einem klaren, starken, aktiven Geist und einem unabhängigen, selbstständigen Geist. Mit diesen Mitteln hatte er es geschafft, sich durch das College zu kämpfen und sich allem zu widmen, was ihm die nötigen Mittel verschaffte – Bücher führen, andere Studenten „betreuen", Werbung für verschiedene Dinge machen und Arbeiten anderer Art erledigen, sich um ihn kümmern wenig, ob es würdevoll oder unwürdig war, vorausgesetzt, es war ehrlich und versprach die gewünschte finanzielle Rendite. Nach seinem Abschluss hatte er eine Stelle als Dozent an der Hochschule angenommen, an der er studiert hatte – eine Position, die er aufgegeben hatte (ungefähr ein Jahr vor dem Zeitpunkt, an dem wir ihn in einem Anfall von Depressionen finden), um die Aufgaben eines „Professors für" zu übernehmen Englische Sprache und Literatur und außerordentlicher Professor für Mathematik" an einem kleinen College-Institut mit großen Ansprüchen in einem Vorort von Philadelphia. Kurz gesagt, er war in der Welt herumgeschubst worden, bis er beträchtliches Vertrauen in seine Fähigkeit gewonnen hatte, seinen Lebensunterhalt mit fast allem, was er unternahm, zu verdienen.

Unter den gegebenen Umständen ist es daher unwahrscheinlich, dass dieser energische und selbstbewusste junge Herr den Verlust seiner Professur ernstlich verärgert hätte, wenn damit nicht die anderen erwähnten Probleme einhergegangen wären. Tatsächlich waren die beiden so eng zusammengekommen und auf andere Weise so eng miteinander verbunden, dass Mr. Robert Pagebrook , während er dort im Bett lag, geneigt war, sich zu fragen, ob zwischen ihnen nicht irgendwo eine Beziehung von Ursache und Wirkung bestünde . Ob es wirklich etwas anderes als eine zufällige Vermischung der beiden Ereignisse gegeben hat, weiß ich sicher nicht; und es steht dem Leser frei, nachdem er die kurze Geschichte ihres Geschehens gehört hat, sich für die von Herrn Rob aufgeworfene Frage auf eine der beiden Seiten zu stellen, die er bevorzugt. Für mich persönlich ist es unmöglich, den Punkt zu bestimmen. Aber hier ist die Geschichte, wie sie der junge Pagebrook gegen seinen Willen immer wieder im Kopf durchging.

Präsident Currier vom College-Institut hatte eine Tochter, Miss Nellie, die mehr als alles andere auf der Welt Latein lernen wollte. Präsident Currier mochte Konjugationen und Parsings sowie alles andere, was mit dem Studium der Sprache zu tun hatte, besonders nicht. Und so geschah es, dass sich unsere junge Freundin Pagebrook freiwillig bereit erklärte, ihr die begehrte Unterweisung in ihrem Lieblingsstudium in Form von Nachmittagsstunden zu erteilen, da Miss Nellie ein recht hübsches und sympathisches Mädchen war . Der Lehrer stellte bald fest, dass der ernsthafte Wunsch seiner Schülerin, Latein zu lernen, – wie es bei jungen Frauen häufig der Fall ist – auf einem völligen Missverständnis über die Art und Schwierigkeit des Studiums beruhte. Tatsächlich war Miss Nellies klarste Idee zum Thema Latein, bevor sie damit begann: „Es muss so schön sein!" Daher waren ihre Fortschritte nach den ersten ein oder zwei Wochen sicherlich nicht durch ihre Schnelligkeit bemerkenswert; aber der Lehrer blieb hartnäckig. Nach einer Weile sagte die junge Dame: „Latein war überhaupt nicht schön", eine Bemerkung, die sie schnell abmilderte, indem sie ihrer Lehrerin versicherte, dass „es aber schön ist, Unterricht darin zu nehmen." Schließlich hörte Miss Nellie auf, den Anschein zu erwecken, sie hätte die Lektionen gelernt, aber irgendwie wurden die Nachmittagssitzungen *über* die Grammatik fortgesetzt, obwohl man zugeben muss, dass es sich dabei nicht hauptsächlich um Verben handelte.

Als der Tag des Studienantritts kam, war die gelegentliche Anwesenheit von Miss Nellie zu einer Art Notwendigkeit im täglichen Leben des jungen Professors geworden, und der Wunsch, mit ihr zusammen zu sein, veranlasste ihn, den Sommer in Cape May zu verbringen, wohin ihr Vater sie jedes Jahr mitnahm Jahreszeit. Nun ist Cape May ein teurer Ort, wie Badeorte es normalerweise sind, und so führte der etwas mehr als zweimonatige Aufenthalt von Herrn Robert Pagebrook dort zu einer erheblichen Kürzung seines Reservefonds, der bestenfalls sehr begrenzt war. Bevor er nach Cape May ging, war er zu dem Schluss gekommen, dass er in Miss Nellie verliebt war, und hatte sie darüber informiert. Sie hatte eher durch ihre Art als durch gesprochene Worte ein gewisses Maß an Freude über die Kenntnis dieser Tatsache zum Ausdruck gebracht; aber als sie auf eine Antwort auf die ungestümen Fragen des jungen Herrn gedrängt wurde, hatte sie es hübsch vermieden, sich unwiderruflich festzulegen. Sie sagte ihm, dass sie ihn möglicherweise nach einer Weile lieben würde , auf eine hübsche, mädchenhafte Art, was ihn davon überzeugte, dass sie ihn bereits sehr liebte. Sie sagte, sie „wusste es nicht", mit einem Ton und einer Art, die ihn davon überzeugte, dass sie es wusste; und so verlief die Cape-May-Saison sehr angenehm, mit gerade genug Unsicherheit über den Stand der Dinge, um das Interesse daran aufrechtzuerhalten.

Als sich die Saison jedoch ihrem Ende näherte, teilte Miss Nellie ihrem Geliebten eines Abends plötzlich mit, dass ihr lieber Vater „Pläne" mit ihr habe und dass sie sich natürlich beide nur amüsiert hätten; und sie sagte dies auf so unschuldige und aufrichtige Weise, dass ihr verblüffter Verehrer es für einen Moment glaubte, als er sich mit einem ungewöhnlichen Schmerz im Herzen in sein Zimmer zurückzog. Als der junge Mann sich jedoch allein hinsetzte und begann, über die Ereignisse des vergangenen Sommers nachzudenken, war er unvernünftig genug, dem unschuldigen kleinen Mädchen sehr ungezogene Kleinigkeiten vorzuwerfen und sogar zu glauben, dass es ihr an Ehrlichkeit und Aufrichtigkeit mangelte. Als er dasaß und über die Sache nachdachte und halb hoffte, dass Miss Nellie ihn nur auf die Probe stellen wollte, um die Tiefe seiner Zuneigung zu testen, brachte ihm ein Diener einen Brief, den er öffnete und las. Es war eine sehr formelle Angelegenheit, wie der Leser erkennen wird, wenn er einen Blick auf das folgende Exemplar wirft:

CAPE MAY , 10. September 18—.

Sehr geehrter Herr :- Es ist meine Pflicht, Ihnen mitzuteilen, dass die für die Angelegenheiten des College-Instituts zuständigen Behörden, nachdem sie es für notwendig erachtet hatten, seine Ausgaben etwas zu kürzen, beschlossen haben, ganz auf die außerordentliche Professur für Mathematik zu verzichten und die damit verbundenen Aufgaben zu verteilen Lehrstuhlinhaber für Englische Sprache und Literatur unter den anderen Mitgliedern der Fakultät. Aufgrund dieser Änderungen wird uns Ihre wertvolle Unterstützung im College-Institut künftig entzogen. Auf Ihr Gehalt für das letzte Studienjahr sind Ihnen noch dreihundert Dollar (300 US-Dollar) geschuldet, und ich bedaure sehr, dass der Schatzmeister mich darüber informiert hat, dass es derzeit an Mitteln mangelt, um dieser Verpflichtung nachzukommen. Ich verspreche Ihnen jedoch persönlich, dass der Betrag bis zum 15. November nächsten Jahres an die von Ihnen angegebene Adresse überwiesen wird. Ich sende dies per Bote, gerade als ich Cape May für eine kurze Reise in andere Teile des Landes verlassen werde. Ich verbleibe, Sir, mit größtem Respekt,

Ihr gehorsamer Diener,
DAVID CURRIER ,
Präsident usw.

An Professor Robert Pagebrook .

Dieser Brief war sehr unerwartet bei Herrn Robert eingegangen, und seine unmittelbare Folge war, dass er eilig in seine Stadtwohnung zurückgeschickt wurde. Er war spät in der Nacht angekommen und hatte keine Streichhölzer in seinem Zimmer gefunden, das sich in einem Geschäftsgebäude befand, in dem seine Nachbarn ihm unbekannt waren, und war gezwungen, im Dunkeln zu Bett zu gehen, ohne die Möglichkeit festzustellen, ob oder nicht Auf seinem Tisch lagen irgendwelche Briefe, die auf ihn warteten.

Unser junger Herr war normalerweise nicht von gereiztem Gemüt, und Kleinigkeiten störten selten seinen Gleichmut, aber als er dort im Bett lag, musste er zugeben, dass er in letzter Zeit mehrmals ein sehr unvernünftiger junger Herr gewesen war. und natürlich begann er, seine Sünden dieser Art aufzulisten. Er erinnerte sich unter anderem daran, dass er sich über den leeren Streichholzkasten geärgert hatte; und dies erinnerte ihn daran, dass er noch nicht einmal nachgesehen hatte, ob auf dem Tisch neben ihm Briefe lagen, so sehr er sich am Abend zuvor darüber beklagt hatte, dass es unmöglich sei, dies sofort zu tun. Irgendwie schien diese Angelegenheit seiner Korrespondenz seine Aufmerksamkeit jetzt, da er seine Briefe sofort lesen konnte, nicht halb so dringend zu sein, wie es ihm am Abend zuvor vorgekommen war, als er sie überhaupt nicht lesen konnte. Er streckte daher ziemlich träge seine Hand aus, nahm das halbe Dutzend Briefe, die auf dem Tisch lagen, und begann sie umzudrehen, wobei er die Aufschriften mit leichtem Interesse betrachtete. Er brach einen auf und murmelte: „Da ist noch ein Blödsinn im Wert von vierzig Dollar. Ich brauchte diesen Mantel nicht, sondern habe ihn ausdrücklich für Cape May bestellt. Die Rechnung muss natürlich bezahlt werden, und hier bin ich arbeitslos keine Aussichten und ungefähr fünfhundert Dollar weniger Geld auf der Bank, als ich haben sollte. ———!"

Ich fürchte wirklich, dass er diesen Satz mit einem Ausruf beendet hat. Ich habe ein Ausrufezeichen gesetzt, um die Möglichkeit einer solchen Sache zu verdeutlichen.

Er fuhr mit seinen Briefen fort. Dann öffnete er das vorletzte Auge und öffnete sofort seine Augen etwas weiter als gewöhnlich. Er sprang aus dem Bett, steckte den Kopf zur Tür hinaus und rief:

"Moses!"

„ *Moses!!* "

„ MOSES !!!"

"MOSES!!!!"

KAPITEL II.

Herr Pagebrook ist zum Frühstück eingeladen.

Nachdem er durch sein Crescendo, das nach Moses rief, alle Echos im Gebäude geweckt und damit nicht nur die Laune des Nachtredakteurs verdorben hatte, der sich gerade in seinem ersten Schlaf im Zimmer gegenüber befand, erinnerte sich Mr. Rob an den alten Es war nie bekannt, dass der farbige Hausmeister, der den biblischen Namen trug und sich als Diener für eine geringfügige Vergütung um das persönliche Wohlergehen der Bewohner der ihm unterstellten Räume kümmerte, nie auf einen Anruf reagierte. Sicherlich war er in Hörweite, verharrte aber in tiefem Schweigen, bis er die Sache erledigt hatte, die er gerade in der Hand hatte, und trat dann in der ruhigen und würdevollen Weise, die einem Menschen gebührt, auf den Anrufer zu seiner Bedeutung. Als sich unser junger Herr daran erinnerte und einiges unheilvolles Gemurmel aus dem Zimmer des Nachtredakteurs hörte, zog er seinen Kopf vom Korridor zurück, zog seinen Schlafrock und seine Hausschuhe an und setzte sich, um auf das gemächliche Kommen des Dieners zu warten.

Er nahm die Notiz noch einmal in die Hand, las sie noch einmal, obwohl er alles darin genau kannte, und begann darüber zu spekulieren, was sie möglicherweise bedeuten könnte, wobei ihm bewusst war, dass keine noch so große Spekulation in Abwesenheit auch nur den geringsten Lichtblick auf das Thema werfen konnte weiterer Informationen. Er las es laut vor, so wie Sie oder ich es getan hätten, als niemand da war, der zuhören konnte. Es war so kurz wie ein Telegramm und lautete lediglich: „Würden Sie mir bitte umgehend mitteilen, ob wir mit der Annahme der Ihnen angebotenen Stelle rechnen dürfen?" Es war mit einem unbekannten Namen unterzeichnet, an den das abgekürzte Wort „ Pres't " angehängt war.

„Ich werde dem Herrn sicherlich sehr gerne mitteilen", dachte der verwirrte junge Mann, „ob er darf oder nicht (übrigens lässt er die Alternative ‚oder nicht' nach seinem ‚ob' völlig unpassend weg), ob er darf." oder nicht (ich muss diesen Ausdruck nachschlagen und sehen, ob es eine gute Autorität für seine Verwendung gibt), ob er damit rechnen kann oder nicht, dass ich die mir angebotene Stelle annehme oder nicht, sobald ich mich darüber informieren kann zu diesem Thema. Da ich im Moment nicht die geringste Vorstellung davon habe, wie die „Position" ist, fällt es mir etwas schwer, mir diesbezüglich eine Meinung zu bilden. Da ich jedoch arbeitslos und unangenehm knapp bei Kasse bin, scheint es so zu sein Es besteht jede Wahrscheinlichkeit, dass der Vorschlag meines unbekannten Korrespondenten, was auch immer er sein mag, positiv berücksichtigt wird. Moses wird nach einer Weile kommen , nehme ich an, und er hat den anderen

Brief wahrscheinlich als „ Valable “ eingesperrt. Lassen Sie mich sehen, was wir hier von William haben.

Damit öffnete unser junger Herr seinen einzigen verbliebenen Brief, von dem er bereits beim Blick auf den Poststempel entdeckt hatte, dass er von einem Cousin aus Virginia stammte. Es handelte sich lediglich um eine Notiz, in der sein Cousin schrieb:

„Eine kleine geschäftliche Angelegenheit führt mich nächste Woche nach Philadelphia. Wird in Girard Ho., Thrsd. sein Morgen . Treffen Sie mich dort beim Frühstück, aber kommen Sie nicht zu früh. Der Zug kommt erst um drei, also schlafe ich etwas länger. Wenn du mich zu früh wecken würdest, wäre ich wütend wie ein 20-Dollar-Schein und würde einen schlechten Eindruck auf dich machen.

Ein amüsiertes Lächeln spielte über Mr. Roberts Gesicht, als er diese Notiz immer wieder las. Was er dachte, weiß ich nicht. Laut sagte er:

„Was für eine Leidenschaft mein Cousin für Abkürzungen hat! Man könnte meinen, dass er einen Groll gegen Wörter hegt, so wie er sie zerschneidet. Und was für eine Redensart das ist! ,So böse wie eine Zwanzig-Dollar-Banknote!‘ ' Mal sehen. Ich kann mit Sicherheit davon ausgehen, dass die Buchstaben „ Thrs “ mit einem erhöhten „d“ Donnerstag bedeuten, und da dies Donnerstag ist und der Brief letzte Woche geschrieben wurde und meine Uhr mir zeigt, dass es jetzt zehn Uhr ist. Uhr, und da meine Stiefel noch ungeschwärzt sind und Moses noch nicht aufgetaucht ist, ist es durchaus wahrscheinlich, dass das Frühstück meines Cousins auf die Mittagszeit verschoben wird, wenn er darauf wartet, dass ich ihm beim Essen helfe. Das bin ich Ich habe Angst, dass er bei unserem Treffen genauso wütend sein wird wie ein halbes Dutzend Banknoten des größten ausgegebenen Nennwerts.

„Hast du angerufen, Sah ?“ fragte Moses und kam sehr bedächtig in den Raum.

„Ich habe den Eindruck, dass ich es getan habe, obwohl es eine außerordentliche Anstrengung des Gedächtnisses erfordert, sich an ein Ereignis zu erinnern, das so lange zurückliegt. Haben Sie irgendwelche , Valables ‘ für mich?“

Moses *glaubte,* er hätte es getan. Dies kam einer positiven Aussage so nahe, wie Moses es noch nie getan hatte. Er würde in sein Zimmer gehen und sich erkundigen. Neben vielen anderen Beweisen für die ungewöhnliche Weisheit des alten Negers war dieser, dass er glaubte, dass er durchaus in der Lage sei, einen wertvollen Brief zu erkennen, wann immer er ihn sah; und es war eine seiner selbst auferlegten Pflichten, jedes Mal, wenn die Post Briefe für ein abwesendes Mitglied seines Wahlkreises brachte, diese zu prüfen und alle

„vallables " bis zur Rückkehr des Eigentümers zu beschlagnahmen, damit sie mit den seinen zugestellt werden konnten eigene Hand. Als er nun zurückkam, brachte er zwei „ Vallables " für Herrn Pagebrook . Eines davon war ein gedrucktes Rundschreiben, aber das andere erwies sich als der gewünschte Brief, bei dem es sich um eine formelle Ausschreibung für eine Professur an einem College in Neuengland handelte, an die ein völlig zufriedenstellendes Gehalt geknüpft war. Der offiziellen Bekanntmachung der Wahl lag eine Notiz bei, in der er darüber informiert wurde, dass seine Aufgaben im Falle einer Annahme erst am 1. Januar beginnen würden, da die Anstellung des scheidenden Professors zu diesem Zeitpunkt endete.

Unter dem Einfluss dieser Nachricht hellte sich das Gesicht unseres jungen Freundes ebenso deutlich auf wie seine Stiefel in den Händen des alten Dieners. Er schrieb sofort seinen Zulassungsbescheid und zog sich dann für das Frühstück im Girard House um, wohin er mit so leichtem Schritt und so fröhlicher Haltung ging, als wäre er überhaupt kein traurig enttäuschter Liebhaber gewesen.

KAPITEL III.

Mr. Pagebrook isst sein Frühstück.

Robert Pagebrook hatte seinen Cousin nie gesehen, und doch waren sie einander nicht völlig fremd. Roberts Vater und William Barksdales Mutter waren Bruder und Schwester, und Shirley, das alte Virginia-Gehöft, das seit fast zwei Jahrhunderten im Besitz der Familie war, war durch die freiwillige Handlung von Roberts Vater an die Mutter des jungen Barksdale übergegangen, als er erwachsen wurde. Er war nach Westen gegangen, um sein Glück in einer geschäftigeren Welt als der des Old Dominion zu versuchen. Die beiden Jungen, William und Robert, hatten in ihrer Kindheit ziemlich regelmäßig und nach ihrem Erwachsenwerden ziemlich unregelmäßig miteinander korrespondiert, und so kannten sie sich ziemlich gut, obwohl sie sich, wie ich bereits sagte, nie begegnet waren.

„Ich bin froh, sehr froh, dich zu sehen, William", sagte Robert und ergriff die Hand seines Cousins.

„Jetzt bitte ich dich nicht. Nenn mich Billy oder Will oder wie auch immer du willst, alter Kerl, aber nenne mich nicht William, was auch immer du tust. Niemand außer Vater hat das jemals getan, und er hat es auch nie getan, außer an Morgen, an denen ich nicht aufstand. Dann sang er „Will-*yum* " mit einer Art Peitschenhieb am Ende. „William" erinnert mich immer an unruhigen Schlaf. Nennen Sie mich Billy und ich Ich werde dich Bob nennen. Das werde ich auf jeden Fall tun, damit du genauso gut in vertraute Gewohnheiten verfallen kannst. Aber komm, erzähl mir, wie es dir geht und was über dich selbst. Du hast mir seit der Sintflut nicht mehr geschrieben; ich habe vergessen zu empfangen mein letzter Brief, nehme ich an.

„Wahrscheinlich habe ich das getan. Ich habe eine ganze Menge Dinge vergessen. Aber ich hoffe, ich habe Sie nicht zu lange von Ihrem Frühstück abgehalten und vor allem, dass ich Sie nicht ‚so böse wie eine Zwanzig-Dollar -Banknote' gemacht habe. Bitte sagen Sie mir, was Sie mit dieser Redewendung gemeint haben , nicht wahr? Ich bin neugierig zu wissen, woher Sie es haben und warum."

„Ha! ha!" lachte Billy. „Sie werden eine lebhafte Zeit haben, wenn Sie alle meine Metaphern enträtseln wollen. Mal sehen. Ich muss mich auf die großen einmal. Ich bin so hungrig wie ein Dorfredakteur. Wir können bei einem Beefsteak reden, oder Sie können es zumindest. Ich möchte so still sein wie ein Mühlenteich in einer wolkigen Nacht, während Sie mir alles über sich erzählen.

Und beim Frühstück unterhielten sie sich. Aber als er seine Geschichte erzählte, vergaß Herr Robert irgendwie, etwas über seine andere

Enttäuschung zu sagen, während er daran dachte, alle Einzelheiten seiner Situation zu erwähnen, als er verlor und seine Situation erlangte. Bald lernte er seinen Cousin kennen und mögen, und was dem Zweck noch mehr diente, begann er, ihn auf seine eigene Art von ganzem Herzen zu genießen, indem er ihn halb aus Spaß, halb im Ernst über seinen seltsamen Gebrauch der englischen Sprache scherzte. bis der Virginianer erklärte, dass sie einander so vertraut geworden seien „wie zwei Iren beim Totenwachen".

„Ich nehme an, du bist sofort auf dem Weg zu deinem neuen Zuhause, nicht wahr ? Wir haben September", sagte Billy, nachdem sein Cousin so viel von seiner Geschichte beendet hatte, wie er verraten wollte.

„Nein", sagte Robert. „Meine Pflichten werden erst im Januar beginnen, und in der Zwischenzeit muss ich irgendwohin aufbrechen, um meine körperlichen und finanziellen Muskeln wieder aufzubauen. Um die Wahrheit zu sagen, habe ich diesen Sommer in Cape May herumgetrödelt, anstatt dorthin zu fahren Für eine gesunde und kostengünstige Fußreise muss ich, wie ich es normalerweise tue, in die Berge oder in die Prärie gehen, und das Ergebnis ist, dass meine Beine und Arme leider abgenutzt sind. Ich habe auch zu viel Geld ausgegeben und kann es mir daher nicht leisten, bis dahin in Philadelphia zu bleiben Januar. Ich denke, ich muss in einige der Gebirgsbezirke gehen, wo die Leute fünf Dollar für ein Vermögen halten und alles andere als einen ansteigenden Abgrund nennen.

„Nun, ich schätze, das wirst du nicht", sagte der Virginianer; „Seit meiner Geburt lade ich dich in das ‚Haus deiner Väter' ein, und dies ist das allererste Mal, dass ich dich dazu bringe, dir ein Stück Freizeit zu gönnen, das so groß ist wie dein Daumennagel. Das habe ich Ich habe dich jetzt, da du nichts zu tun hast und nirgendwo hingehen kannst, und ich habe vor, dich noch heute Abend nach Virginia mitzunehmen. Wir fahren heute Abend um elf Uhr mit dem Zug ab und kommen morgen um zwei in Richmond an. und am nächsten Morgen pünktlich zum Snack nach Hause gehen.

„Aber, mein lieber Billy –"

„Aber, mein lieber Bob, ich höre kein Wort und akzeptiere kein Nein als Antwort. Das ist poz ." Roz und das Englisch des Königs. Ich kümmere mich um diesen kleinen Job. Sie können heute Ihre Zimmer aufgeben, Ihre Beute verkaufen und die Ausgaben stoppen. Dann müssen Sie Ihr Taschenbuch nicht so lange wieder öffnen, dass Sie vergessen, wie es darin aussieht. Stecken Sie ein paar Neunpence in die Tasche Ihrer Hose, um sie auf die Darkeys zu werfen , wenn diese Ihr Pferd festhalten, und fertig ist die Sache . Und wecken wir nicht die alte Shirley? Ich sage Ihnen, es ist das Schönste zweihundert Jahre altes Etablissement, das Sie jemals gesehen oder nicht gesehen haben. Wie der irische Anwalt über das Haus seiner Vorfahren sagte: „Es gibt keinen Tisch im Haus, auf dem nicht mit Tanzfiguren getanzt wurde, und es gibt keinen Stuhl, den man nicht einem Freund an den Kopf werfen kann, ohne die geringste Angst davor zu haben." es brechen.' Wenn wir dort ankommen , werden wir genauso viel Spaß haben wie ein Rudel Hunde auf einer frischen Spur."

„Auf mein Wort, Billy", sagte der Cousin des Professors, „Ihre Metaphern haben zumindest die Vorzüge der Frische und Originalität, obwohl sie hin und wieder, wie im vorliegenden Fall, sicherlich nicht sehr komplementär sind. Aber es ist einfach so." Mir fällt ein, dass ich „seit meiner Geburt" zu Shirley gehen wollte, wenn Sie mir gestatten, eine Ihrer eindringlichen Formulierungen auszuleihen, und dies scheint wirklich eine besonders gute Gelegenheit dafür zu sein. Das tue ich Ich interessiere mich sehr für Dialekte und Provinzialismen, daher würde es sich für mich lohnen, Sie zu besuchen, schon allein deshalb, weil mein Aufenthalt in Shirley mir eine ausgezeichnete Gelegenheit geben wird, einige Ihrer eigenen Ausdrücke zu studieren. ' Poz „roz " ist für mich völlig neu und ich könnte philologisch etwas daraus machen.

„Auf mein Wort", sagte Mr. Billy, „das ist eine höfliche Rede. Wenn Sie nur sagen, dass Sie gehen werden, ist mir der Wert des linken Vorderfußes eines Herings egal, welchen Nutzen Sie von mir machen. I Ich befehle dir und bin bereit für jede Sportart, die dir passt, es sei denn, du denkst auf die Idee, mich mit Steinen zu bewerfen.

„Bitte sagen Sie mir, Billy, werfen Virginianer jemals Steine? Ich interessiere mich für Muskeln und würde mich sehr freuen, jemanden zu sehen , der Steine werfen kann. Ich habe schon oft einen halben Dollar dafür bezahlt, einem Mann dabei zuzusehen, wie er außergewöhnliche Gewichte hebt, aber Die besten Schausteller träumen nie davon, etwas Schwereres als Kanonenkugeln zu handhaben. Es wäre ausgesprochen unterhaltsam zu sehen, wie ein Mann Steine und dergleichen herumwirft, selbst wenn er dabei beide Hände benutzen würde."

„Unsinn", sagte Billy; „Ich gehöre nicht zu Ihren Schülern, die eine Wörterbuchstunde bekommen. Kellner!"

„Was wollen Sie haben, Sir?" fragte der Kellner.

„Ein paar heiße Kekse, bitte."

„Das sind keine heißen Kekse, Sir."

„ Na dann ein paar warme Brötchen oder irgendein heißes Brot. Kaltes Brot zum Frühstück ist eine Abscheulichkeit."

„Es gibt kein heißes Brot im Haus, Sir. Wir haben nie eines. Heißes Brot ist nicht gesund, Sir."

„Du unverschämter –"

„Mein lieber Billy", sagte Mr. Bob, „behalten Sie bitte die Fassung. ,Unverschämt' ist nicht das Wort, das Sie verwenden möchten. Der *Mann* ." kann doch nicht unverschämt sein. Ich gebe zu, er ist ein wenig unverschämt, aber wir können es uns leisten, die Unverschämtheit seiner Bemerkung wegen des philologischen Interesses, das sie hat, zu übersehen. Kellner, da Sie in einem Land freier Schulen aufgewachsen sind, sollten Sie wissen, dass zwei Verneinungen im Englischen sich gegenseitig zerstören und einem Bejahen gleichkommen; Was mich aber gerade am meisten interessiert, ist Ihre Bemerkung, dass heißes Brot nicht *gesund sei* . Ihre Aussage ist völlig richtig, und sie wäre auch dann wahr gewesen, wenn Sie das qualifizierende Adjektiv „heiß" weggelassen hätten. Kein Brot kann „gesund" sein, denn Gesundheit und Krankheit sind keine Eigenschaften oder Bedingungen unbelebter Dinge. Sie meinten jedoch wahrscheinlich, dass heißes Brot nicht gesund ist, ein Punkt, in dem mein Freund hier, der jeden Tag in seinem Leben heißes Brot isst, Ihnen natürlich widersprechen würde. Bitte bringen Sie uns etwas Buttertoast mit."

Der Kellner ging verwirrt weg – er stellte aller Wahrscheinlichkeit nach die geistige Gesundheit von Mr. Bob in Frage; eine Befragung, bei der Billy halb geneigt war, sich ihm anzuschließen.

„Was um alles in der Welt meinst du, Bob, wenn du auf diese Weise mit einem Kellner sprichst, der die Bedeutung eines von fünf Wörtern, die du verwendest, nicht kennt?"

„Nun, ich wollte zum einen verhindern, dass du die Beherrschung verlierst und dir so die Verdauung verdirbst. Menschliche Motive sind komplizierte Angelegenheiten, und daher bin ich mir keineswegs sicher, ob ich meine Absicht in diesem Fall weiter aufklären kann."

„Dann kehren wir zu unseren Hammelfleisch zurück", sagte Billy; „Ich werde die Aufgabe, die mich hierher geführt hat und die nur darin besteht, bei der Aufnahme einer kurzen Aussage anwesend zu sein, um zwei oder drei Uhr erledigen. Während ich dabei bin, können Sie Ihre Fallen zusammenstellen und Ihren Koffer schicken." Zum Depot und um vier zum Abendessen zurückkommen. Dann müssen wir den Rest der Zeit so gut wie möglich überstehen, und um elf machen wir Schluss. Ich bin verrückt, dich einmal mit Phil zu sehen."

„Phil, wer ist er?"

„Oh! Phil ist ein Charakter – ein farbiger. Ich möchte sehen, wie sich sein ,Dialekt' auf Sie auswirkt. Allerdings habe ich halb Angst, dass Sie darunter verrückt werden."

"Sag mir-"

„Nein, ich werde Phil nicht beschreiben, weil ich es nicht kann, und das kann auch kein anderer. Phil muss gesehen werden, um geschätzt zu werden. Aber komm, ich gehe zum Notar , und du musst dich auch gehen lassen, denn du darfst nicht zu spät zum Abendessen kommen – das ist poz .

Damit trennten sich die beiden jungen Männer, der Anwalt aus Virginia sollte sich um die Aufnahme einiger Aussagen kümmern, und sein Cousin musste seine Unterkunft abgeben, seinen Koffer packen und alle anderen für seine Reise notwendigen Vorkehrungen treffen.

Diese Gelegenheit, das alte Gehöft zu besuchen, auf dem sein Vater seine Kindheit verbracht hatte, war Herrn Robert gerade jetzt besonders willkommen. Die Namen Virginia und Shirley hatten für ihn schon immer etwas Glamouröses an sich gehabt. Die Geschichten seines Vaters über seine eigene Kindheit hatten einen tiefen Eindruck im Geist des Jungen hinterlassen, und für ihn war Shirley ein Palast und Virginia ein Märchenland. Wann immer er in seiner Kindheit ein Kalb oder ein Schwein sein Eigen nennen durfte, gab er ihm sofort den einen oder anderen der bezaubernden Namen und bildete sich ein, dass das Tier dadurch stärker und schöner würde. Er hatte immer vorgehabt, zu Shirley zu gehen, hatte es aber nie getan; So wie Sie und ich, lieber Leser, immer vorhatten, Dutzende von Dingen zu tun, die wir nie getan haben, obwohl wir kaum sagen können, warum. Gerade jetzt jedoch war Mr. Billys Plan für seinen Cousin aus verschiedenen gegenwärtigen und ungewöhnlichen Gründen für Mr. Robert mehr denn je angenehm. Außerhalb des College-Instituts kannte er so gut wie niemanden in oder über Philadelphia, und die Suche nach Bekannten innerhalb dieser Institution war natürlich nicht gerade nach seinem Geschmack. Er hatte mehrere Monate Zeit, die er auf irgendeine Art und Weise entsorgen musste, und bis Billy den Besuch in Virginia vorschlug, war das Beste, was er tun konnte, um einen Zeitkiller zu erfinden, eine einsame Wanderung durch die bergigen Gebiete Virginias zu planen Pennsylvania. Normalerweise hätte er eine solche Reise sehr genossen, aber jetzt wusste er, dass Mr. Robert Pagebrook kaum einen weniger angenehmen Begleiter finden konnte als Mr. Robert Pagebrook selbst. Diese kleine Affäre mit Miss Nellie Currier kam ihm immer wieder in den Sinn, und wenn der Leser ein Mann ist , ist es durchaus wahrscheinlich, dass er genau weiß, wie sich die Erinnerung an diese Geschichte auf unseren jungen Herrn ausgewirkt hat. Er wollte Gesellschaft, und er wollte Abwechslung, und er wollte sich im Freien bewegen, und wo konnte er das alles so reichlich finden wie in einem alten Landhaus im Virginia-Stil? Er war sich sicher, dass seine Liebe zu Miss Nellie sehr aufrichtig war; aber er war sich ebenso sicher, dass es hoffnungslos war. Tatsächlich wünschte er sich jetzt, da er die selbstsüchtige Unaufrichtigkeit des Mädchens kannte , nicht einmal, dass seine Klage Erfolg gehabt hätte. Das ist jedenfalls das, was er dachte, wie auch Sie, mein lieber Herr, als Sie zum ersten Mal erfuhren, was das Wort „Anderer" bedeutet, wenn es mit einem großen A gedruckt wird; und als er das dachte, kam er zu dem Schluss, dass das Erste, was er in dieser Angelegenheit tun müsse, darin bestehe, Miss Nellie und seine Liebe zu ihr so schnell wie möglich zu vergessen. Wie weit ihm das gelungen ist, werden wir wohl in der Fortsetzung sehen. Im Moment haben wir es nur mit dem Versuch zu tun. Neue Szenen und neue Leute, dachte Mr. Pagebrook , würden ihm bei seinem Vorhaben sehr helfen, und so schien die Reise nach Virginia besonders passend. So kommt es, dass sich der Schauplatz der Geschichte dieses jungen Mannes plötzlich von Philadelphia in ein Landhaus in Virginia verlagert, obwohl ich alles tun kann, um die dramatische Einheit des Ortes zu bewahren. Ah! Wenn ich diese Geschichte jetzt *machen würde* , könnte ich sie auf einen einzigen Raum beschränken, ihre Handlung auf einen einzigen Tag komprimieren und andere dramatische und höchst angemessene Dinge tun; Aber da Mr. Robert Pagebrook und seine Freunde keine Bühnenmenschen waren und sich darüber hinaus nicht darüber im Klaren waren, dass sich ihr Kommen und Gehen jemals in das Gewebe einer Geschichte einmischen würde, versäumten sie es völlig, ihre Handlungen entsprechend zu regeln Ich befolgte strenge Regeln und streifte ganz natürlich und ohne die geringste Rücksicht auf meine Bequemlichkeit durch das Land.

KAPITEL IV.

Herr Pagebrook erfährt etwas über die Bräuche des Landes.

Als unsere beiden jungen Männer den Bahnhof erreichten, an dem sie die Waggons verlassen sollten, erwarteten sie dort die schwerfällige alte Kutsche, die seit Mr. Billys Erinnerung zum Shirley-Haus gehörte. Dieses Fahrzeug war allen in der Nachbarschaft als „Shirley-Wagen" bekannt, nicht weil es älter oder ungeschickter oder hässlicher als seine Artgenossen war – denn das war es tatsächlich nicht –, sondern nur, weil jeder Wagen in einem Virginia-Viertel genauso gut bekannt war sein Besitzer ist. Für Herrn Robert Pagebrook präsentierte sich das Fahrzeug jedoch als Antiquität und Kuriosität. Sein Körper war an Lederriemen aufgehängt , die an einigen hohen halbkreisförmigen Federn an der Rückseite ausgingen, und er war so weit über die Achsen hinausgehoben, dass man ihn nur betreten konnte, indem man eine ganze Treppe aus Stufen hinaufstieg, die sich aus seinem Inneren heraus entwickelten. Der große, schwere Wagenkasten, der so an seinen ledernen Gurten schaukelte , schien wirklich überhaupt keinen Halt zu haben, und Mr. Robert hielt es für notwendig, sein ganzes Vertrauen aufzubringen, um zu glauben, dass es nicht möglich war, in das Fahrzeug hineinzukommen eine sichere und schnelle Möglichkeit, zwei oder drei gebrochene Knochen zu reparieren. Er stieg jedoch auf Einladung seines Cousins ein und stellte bald fest, dass die Bewegung des aufgehängten Wagenkastens zwar stark der eines Bug- und Achterschoners im Sturm ähnelte, aber keineswegs unangenehm war, da die Straße am schlechtesten und am holprigsten war Was ich tun konnte, war, die Vibrationsbewegung etwas entschiedener als gewöhnlich zu gestalten. Ein Ruck war einfach unmöglich.

Sobald er seine Seebeine so weit hatte, dass er einigermaßen stabil auf seinem Sitz bleiben konnte, begann Mr. Rob, das Land zu betrachten oder, genauer gesagt, den Straßenrand zu studieren, da sonst kaum etwas zu sehen war, so dicht wuchs der Bäume und Unterholz auf jeder Seite.

„Wie weit müssen wir fahren, bis wir Shirley erreichen?" fragte er nach einer Weile , als die Kutsche anhielt, um ein Tor zu öffnen.

„Ungefähr vier Meilen jetzt", sagte sein Cousin. „Es ist fünf Meilen oder fast so weit vom Gerichtsgebäude entfernt."

„Das Gerichtsgebäude? Wo ist das?"

„O das Dorf, in dem wir den Zug verlassen haben! Das ist das Gerichtsgebäude."

„Ah! Ihr Virginianer nennt ein Dorf ein Gerichtsgebäude, nicht wahr?"

„Sicherlich, wenn es sich um die Kreisstadt handelt und nicht viel mehr. Hin und wieder geben sich Gerichtsgebäude einen Namen und beschimpfen sich selbst, aber sie machen nicht viel daraus. Ich glaube, jetzt gibt es das Gerichtsgebäude von Powhatan es hat versucht, sich „Scottsville" oder so etwas in der Art zu nennen, aber niemand kennt es als etwas anderes als Powhatan Court House. Unsere Kreisstadt war immer bescheiden, und wenn sie einen Namen hat , habe ich noch nie davon gehört."

„Das ist auf jeden Fall ein interessanter Brauch des Landes. Bitte sagen Sie mir, ist es einer Ihrer Bräuche, ganz auf öffentliche Straßen zu verzichten? Ich frage lediglich nach Informationen, und die Frage wird durch die Tatsache angeregt, dass wir anscheinend gefahren sind." weg vom Gerichtsgebäude über die Privatstraße, der wir immer noch folgen.

„Das ist keine Privatstraße. Es ist eine der wichtigsten öffentlichen Straßen des Landkreises."

„Wie wäre es dann mit diesen Toren?" fragte Robert, als der Negerjunge, der hinter der Kutsche fuhr, heruntersprang, um eine andere zu öffnen.

„Nun, was ist mit ihnen?"

„Warum, ich habe noch nie zuvor ein Tor über einer öffentlichen Durchgangsstraße gesehen. Erlaubt man so etwas wirklich in Virginia?"

„Oh ja! Gewiss. Es erspart eine Menge Zäune, und das Gericht verweigert niemals die Erlaubnis, an irgendeiner vernünftigen Stelle ein Tor zu errichten, nur der Besitzer ist verpflichtet, dafür zu sorgen, dass es leicht zu Pferd geöffnet werden kann – oder, wie Sie es ausdrücken würden es: „von einer Person, die zu Pferd reitet". Sie sehen, dass ich in meiner Wortwahl vorsichtiger geworden bin, seit ich bei Ihnen bin. Vielleicht werden Sie uns alle umerziehen und uns einigermaßen gut Englisch sprechen lassen, bevor Sie zurückgehen. Wenn Sie das tun, gebe ich Ihnen einige „Zeugnisse" für Ihren Wert als Professor."

„Aber was diese Tore betrifft, Billy. Ich interessiere mich jetzt umso mehr für sie, da ich sie als einen weiteren ‚Brauch des Landes' kenne." Wie halten ihre Besitzer sie geschlossen? Lassen die Leute sie nicht oft offen?"

„Niemals; ein Virginianer ist seinen Nachbarn gegenüber immer ‚auf Ehren', und der Mann, der das Tor eines Nachbarn offen lässt, könnte genauso gut sofort zum Stehlen übergehen, um den Unterschied, den es seiner sozialen Stellung machen würde."

Es waren nicht nur die Tore, sondern auch das allgemeine Erscheinungsbild der Straße, das den jungen Pagebrook in Erstaunen versetzte : eine öffentliche Straße, die aus einer einzigen Kutschenschiene mit einer Grasfläche auf jeder Seite bestand, von dichtem Unterholz gesäumt war und von Ästen überragt wurde von großen Bäumen war für ihn eine Neuheit, und zwar eine sehr angenehme Neuheit, an der er großes Interesse hatte.

"Wer lebt dort?" fragte Robert, als ein großes Haus in Sicht kam.

„Das ist The Oaks, Cousin Edwins Haus."

„Und wer ist dein Cousin Edwin?"

„ *Mein* Cousin Edwin? Er gehört auch dir, schätze ich. Cousin Edwin Pagebrook . Er ist unser Cousin zweiten Grades oder, wie die alten Damen es ausdrückten, Cousin ersten Grades, der einst entfernt wurde."

„Bitte sagen Sie mir, was ein Cousin ersten Grades ist, wenn er einmal entfernt wurde, nicht wahr, Billy? Ich kenne mich mit dem Thema der Cousinenschaft in ihren höheren Zweigen überhaupt nicht aus, und soweit ich weiß, wird auf Beziehungen dieser Art viel Wert gelegt Virginia, ich möchte mich wenn möglich im Voraus informieren."

„Ich weiß wirklich nicht, ob ich es kann oder nicht. Jede der alten Damen wird Ihnen alles erklären und es mit ihren Schlüsseln veranschaulichen, die wie ein Stammbaum angeordnet sind. Ich weiß nicht viel darüber, aber ich denke, ich Ich kann Ihnen das verständlich machen, da ich den Fall von Cousin Edwin als Beispiel habe. Es ist ein „typisches Beispiel", wie wir Anwälte sagen. Mal sehen. Cousin Edwins Großvater war unser Urgroßvater; dann war sein Vater der Bruder unseres Großvaters und so weiter macht ihn zum Cousin ersten Grades meiner Mutter und deines Vaters. Jetzt würde ich den Cousin ersten Grades meiner Mutter meinen Cousin zweiten Grades nennen, aber die alten Damen, die diesen Dingen viel Aufmerksamkeit schenken, sagen das nicht. Sie sagen, dass es der Cousin ersten Grades meiner Mutter oder meines Vaters ist Cousin ist mein Cousin ersten Grades, sobald er entfernt wurde, und seine Kinder sind meine Cousins zweiten Grades, und das beweisen sie auch mit ihren Schlüsseln.

„Na dann", fragte Robert, „wenn dem so ist, wie ist dann die genaue Beziehung zwischen Cousin Edwins Kindern und meinem Vater oder deiner Mutter?"

„Oh, nicht! Du verwirrst mich. Ich habe dir gesagt, dass ich nichts davon weiß. Du musst eine alte Dame bitten, es mit ihren Schlüsseln zu erklären, und wenn sie durchkommt, wirst du nicht wissen, wer du bist rette dich."

„Das ist auf jeden Fall ermutigend", sagte Herr Robert.

„ Ach , das ist doch egal! Du kannst mit Sicherheit jeden hier „Cousin" nennen, wenn du sicher bist, dass er kein engerer Verwandter ist . Tatsache ist, dass die besten Familien hier so oft untereinander geheiratet haben, dass die Beziehungen nicht mehr so groß sind sind alle durcheinander, und wir beanspruchen immer Verwandte, wenn auch nur die geringste Chance dafür besteht. Außerdem sind die Pagebrooks die größten Kaulquappen in der Pfütze; und wenn sie nicht alle ihre Verwandten zu „Cousinen" machen, sind sie Leute Ich denke, sie sind festgefahren.

„Danke, Billy. Aber sag mir, bin ich als Pagebrook gezwungen, mich während meines Aufenthalts in Virginia als Kaulquappe zu betrachten?"

Billys einzige Antwort war ein Lachen.

„Nun, Billy", fuhr Robert fort, „erzählen Sie mir etwas über die Menschen in Shirley. Ich bin leider unwissend, verstehen Sie, und ich möchte keine Fehler machen. Beginnen Sie ganz oben und sagen Sie mir, wie ich sie alle nennen soll."

„Nun, da ist Vater. Sie werden ihn natürlich Onkel Carter nennen. Er ist Col. Carter Barksdale, wissen Sie."

„Ich wusste natürlich, dass er Carter hieß, aber ich wusste nicht, dass er jemals ein Soldat gewesen war."

„Ein Soldat! Nein, das war er nie. Wie kamen Sie auf diese Idee?"

„Warum Sie ihn ‚Colonel' genannt haben."

„Oh, das ist nichts! Sie werden jeden Herrn über dem mittleren Alter finden, der irgendeinen Titel trägt. Sie nennen Vater ‚Colonel Barksdale' und Cousin Edwin ‚Major Pagebrook ', obwohl keiner von ihnen jemals ein Zelt gesehen hat, soweit ich weiß ."

„Ah, ein weiterer interessanter Brauch des Landes. Aber bitte, machen Sie weiter."

„Nun, Mutter ist ‚Tante Mary', wissen Sie, und dann ist da noch Tante Catherine."

„In der Tat! Wer ist sie? Ist sie meine Tante?"

„Ich weiß es wirklich nicht. Lass mich sehen. Nein, glaube ich nicht; meines übrigens auch nicht. Ich glaube, sie ist die vierte oder fünfte Cousine meines Vaters, möglicherweise mit ein oder zwei Entfernungen, aber du musst sie nennen. „Tante" jedenfalls; das tun wir alle, und sie würde es dir nie verzeihen, wenn du es nicht tätest. Du siehst, sie kannte deinen Vater, und ich schätze, er nannte sie „Tante". So haben wir es hier. Sie ist eine jungfräuliche Dame, verstehen Sie, und Shirley ist ihr Zuhause. So jemanden findet man in fast jedem Haus, und es ist auch eine entzückende Art von jemandem, in der Nähe zu sein . Sie wird Sie über Beziehungen auf dem Laufenden halten. Sie kann einen ganzen Schlüsselkorb voller Schlüssel aufbrauchen und sie beim Namen hin und her durchgehen, ganz wie Sie möchten. Sie müssen ihr jedoch nicht folgen, wenn Sie Einwände dagegen haben Kopfschmerzen. Alles, was Sie tun müssen, ist, sich von ihr davon erzählen zu lassen, und ab und zu sagen Sie „Ja". Sie stellt mich etwa jede Woche durch. Dann ist da noch Cousine Sudie , die Nichte und Mündel meines Vaters. Sie ist es Sie war fast ihr ganzes Leben lang Waise und hat daher immer bei uns gelebt. Der Vater ist ihr Vormund und er nennt sie immer „Tochter". Du wirst sie natürlich ‚Cousin Sue' nennen."

„Dann ist sie doch auch mit mir verwandt, oder?"

„Natürlich. Sie ist das Kind des Bruders seines Vaters."

„Aber, Billy, dein Vater ist nur mein angeheirateter Onkel, und ich verstehe nicht, wie –"

„Oh, Ärger ! Wenn du es hochzählst, schätze ich, dass es keine wirkliche Beziehung gibt; aber sie ist sowieso deine Cousine, und du wirst sie beleidigen, wenn du dich weigerst, es anzuerkennen. Nenn sie ‚Cousine' ,' und Schluss damit."

„Da ich eine der großen Pagebrook- Kaulquappen bin, denke ich, dass ich das muss. Bei einer jungen Dame dürfte es mir jedoch nicht schwerfallen, wage ich zu behaupten."

KAPITEL V.

Mr. Pagebrook macht einige Bekanntschaften.

Mr. Robert hatte oft von einem „altvirginischen Willkommensgruß" gehört, aber was genau dieser war, wusste er erst, als die Kutsche, in der er fuhr, um den „Kreis" herumfuhr und vor dem Shirley-Herrenhaus hielt. Das erste, was ihm an den Vorbereitungen für seinen Empfang auffiel, war die große Anzahl kleiner Neger, die ihre Anwesenheit für den Anlass für notwendig hielten. Kleine schwarze Gesichter grinsten ihn hinter jedem Baum an, und etwa ein Dutzend von ihnen spähte aus einer sicheren Position hinter „Ole Master und Ole Missus" hervor. Mr. Billy hatte aus Richmond telegrafiert und die Ankunft seines Gastes angekündigt, und so wusste jeder Darkey auf der Plantage, dass „Mas' Joes Sohn" „ein kommender Mas' Billy aus de Norf " war , und jeder, der einen finden konnte Es gab ein sicheres Versteck im Hof, um ihn kommen zu sehen.

Col. Barksdale traf ihn an der Kutsche, während die Damen auf der Veranda warteten, wie jeder andere als ein Virginianer es ausdrücken würde – *auf* der Veranda, wie sie es selbst ausgedrückt hätten. Die Begrüßung war von der herzlichen Art, wie man sie außerhalb von Virginia noch nie erlebt hat – eine Begrüßung, die dem Gast sofort das Gefühl gab, Teil des Etablissements zu sein.

Im Haus war unser junger Freund völlig verwirrt. Die Möbel waren altmodisch, aber sehr elegant, worauf er durchaus vorbereitet war, aber sie standen auf völlig nackten weißen Böden. An den Fenstern hingen sowohl Damast- als auch Spitzenvorhänge, aber von einem Teppich war nirgends eine Spur zu sehen. Herr Robert sagte nichts, fragte sich aber im Stillen, ob es möglich sei, dass er mitten in der Hausreinigung angekommen war. Die Unterhaltung, das Mittagessen und schließlich das Abendessen um vier beschäftigten jedoch seine Aufmerksamkeit, und nach dem Abendessen versammelte sich die ganze Familie auf der Veranda – denn ich glaube wirklich , dass die Virginianer mit dieser Präposition Recht haben. Ich werde Herrn Robert eines Tages selbst fragen .

Schon bald fühlte er sich im alten Familienanwesen rundum wohl, inmitten von Verwandten, die ihm im eigentlichen Sinne nie fremd gewesen waren. Mrs. Barksdale war nicht nur die Schwester seines Vaters, sondern Col. Barksdale selbst war auch der engste Freund dieses Vaters gewesen. Die beiden waren gemeinsam nach Westen gegangen, um dort ihr Glück zu suchen; doch der Colonel war nach ein paar Jahren zurückgekehrt, um seinen Beruf in seinem Heimatstaat auszuüben und schließlich die Schwester seines Freundes zu heiraten. Mr. Robert fühlte sich daher bald im wahrsten Sinne des Wortes zu Hause, und dieses Gefühl war auch für einen jungen Mann, der zehn Jahre lang kein anderes Zuhause als das eines Junggesellenquartiers in einer College-Gemeinschaft gekannt hatte, äußerst erfreulich. Sein Empfang bei Shirley war nicht die Begrüßung eines Gastes gewesen, sondern eher die Begrüßung eines seit langem umherwandernden Sohnes des Hauses. Für seine Verwandten dort schien er genau das zu sein, und ihre Gefühle in dem Fall wurden bald zu seinen eigenen. Diese „Clanhaftigkeit", wie sie genannt wird, ist vielleicht nicht von allen Bundesstaaten Virginia eigen, aber ich habe sie nirgendwo sonst auch nur halb so stark manifestiert gesehen wie dort.

Gegen Abend ritten Maj. Pagebrook und sein Sohn Ewing hinüber, um ihren Cousin Robert zu besuchen, und nachdem die Vorstellungen vorbei waren, sprach „Cousin Edwin" weiter von Roberts Vater, für den er wie alle anderen ein ungewöhnlich hohes Maß an Zuneigung empfunden hatte Die Verwandten hatten übrigens Roberts Vater als besonders Liebling der Familie angesehen. Dann wurde das Gespräch allgemeiner.

„Wann wirst du das Tabakfeld bei der Preisscheune abschneiden, Cousin Edwin?" fragte Billy. „Ich sehe, dass es ziemlich schnell reift."

„Ja, es wird stellenweise ziemlich reif, und ich wollte gestern die Hände hineinstecken", antwortete Maj. Pagebrook ; „Aber Sarah Ann dachte, wir sollten sie lieber noch ein oder zwei Tage länger für den Weizen pflügen lassen, und jetzt fürchte ich, dass es regnen wird, bevor ich den ersten Schnitt machen kann."

„Wie viel hast du für den Tabak bekommen, den du neulich nach Richmond geschickt hast, Edwin?" fragte der Oberst.

„Im Durchschnitt nur fünf Dollar und drei Cent pro Hundert."

„Sie hätten ein gutes Geschäft gemacht, wenn Sie im Frühjahr verkauft hätten, nicht wahr?"

„Ja, ein gutes Geschäft. Ich wollte damals verkaufen, aber Sarah Ann bestand darauf, es bis zum Herbst zu behalten. Übrigens werde ich nächstes Jahr alle meine Grundstücke außer dem am Bach in Mais pflanzen, und kaum Tabak anbauen."

„Alle außer dem Bachgrundstück? Warum ist das das einzige gute Maisland, das du hast, Edwin, und es ist auch nicht sicher, dort Tabak anzubauen, denn es läuft ein wenig über."

„Ja, das weiß ich. Aber Sarah Ann ist von dem Preis, den wir dieses Jahr für Tabak bekommen haben, entmutigt und möchte nicht, dass ich die Parzellen in der nächsten Saison überhaupt anbaue."

„Warum hast du Cousine Sarah Ann nicht mitgebracht und bist heute zum Abendessen gekommen, Cousin Edwin?" fragte Miss Barksdale, die mit dem Schlüsselkorb in der Hand aus dem Esszimmer kam, mit den Gästen zu sprechen.

„Oh! Wir haben jetzt nur noch ein Kutschpferd, wissen Sie. Ich habe das schwarze letzte Woche verkauft und konnte noch kein anderes finden."

„Habe den Schwarzen verkauft! Warum, wofür war das denn, Cousin Ed! Ich dachte, er mochte dich besonders?" sagte Billy.

„ Das habe ich getan; aber Sarah Ann mochte kein schwarzes und ein graues Pferd zusammen, und sie ließ mich das graue Pferd unter keinen Umständen verkaufen, obwohl ich das schwarze Pferd sofort hätte zusammenbringen können. Winger hat einen Hengst, der gut kaputt ist eine perfekte Ergänzung für ihn. Komm, Ewing, wir müssen gehen. Sarah Ann sagte, wir müssen unbedingt zu Hause sein, um Tee zu trinken. Du wirst natürlich nach The Oaks kommen, Robert. Sarah Ann wird dich sehr bald erwarten, und dich Du darfst dich nicht auf Zeremonien beschränken, weißt du, aber komm so oft du kannst, während du in Shirley übernachtest."

„Was hältst du von Cousin Edwin, Bob?" fragte Billy, als die Gäste gegangen waren.

„Dass er ein sehr ausgezeichneter Mensch ist und –"

„Und was? Sprechen Sie es aus. Lassen Sie uns hören, was Sie denken."

„Nun, dass er ein sehr pflichtbewusster Ehemann ist."

„Bob, es würde mir einen Scherz geben, wenn Sie sagen, was Sie sagen. Ihre Zunge ist so weich wie ein Federbett. Aber warten Sie, bis Sie die Madam kennen. Sie werden sagen –"

„Mein Sohn, du solltest Robert gegenüber Leuten, die er nicht kennt, keine Vorurteile hegen. Sarah Ann hat viele gute Eigenschaften – nehme ich an."

„Nun, ich vermute nichts dergleichen, sonst hätte sie schon vor langer Zeit herausgefunden, wie gut ein Mann Cousin Edwin ist, und hätte sich in jeder Hinsicht besser benommen."

„William, du bist gemeinnützig!"

„Nicht ein bisschen davon, Mutter. Deine Wohltätigkeitsorganisation ist wie ein Mikroskop, wenn sie nach etwas Gutem sucht, das man über Menschen sagen kann. Hast du jemals von dem toten Holländer gehört?"

„Bitte, Billy, erzähl mir jetzt keine deiner Anekdoten."

„Nur das hier, Mutter. Da war ein toter Holländer, der der schlechteste Holländer in der Branche gewesen war. Als die Leute kamen, um sich bei seiner Leiche aufzusetzen — lauf nicht, Mutter, ich bin fast fertig —, konnten sie es nicht Sie fanden nichts Gutes über ihn zu sagen, und da sie nichts Schlechtes sagen wollten, herrschte tiefe Stille im Raum. Schließlich bemerkte ein alter Holländer seufzend: „ Vell , Hans vas vone .“ Gut Raucher jedenfalls.‘ Lassen Sie mich sehen. Cousine Sarah Ann gibt jedenfalls gute Abendessen, nur stapelt sie zu viel auf den Tisch. Sieh, wie barmherzig ich bin, Mutter. Ich habe tatsächlich den einen guten Punkt der Frau gefunden und bezeichnet.“

„Komm, komm, mein Sohn“, sagte der Oberst, „so solltest du nicht reden.“

Kurz nach dem Tee führten die beiden jungen Männer die Müdigkeit der Reisenden als Entschuldigung für das frühe Zubettgehen an. Mr. Bob wurde vor die Wahl gestellt, entweder allein im Blauen Zimmer zu wohnen, das in den meisten Häusern Virginias das Staatsgästezimmer ist, oder in Billys Zimmer zu schlafen. Er entschied sich prompt für Letzteres, und als sie allein waren, wandte er sich an seinen Cousin und fragte:

„Billy, hast du so etwas wie ein Wörterbuch darüber?“

„Nichts als ein juristisches Wörterbuch, glaube ich. Reicht das?“

„Wirklich, ich weiß es nicht. Vielleicht könnte es sein.“

„Was möchtest du finden?“ fragte Billy.

„Ich möchte nur wissen, ob wir rechtzeitig zum ‚Snack‘ hier angekommen sind. Sie sagten, wir würden es tun, glaube ich.“

„Nun, das haben wir, nicht wahr?“

„Genau das möchte ich herausfinden. Da ich noch nie von ‚Snack‘ gehört hatte, bis Sie es als eines der Dinge erwähnten, die wir bei Shirley finden sollten, war ich neugierig, wie es ist, und habe es daher beobachtet dafür, seit wir hier angekommen sind. Bitte sagen Sie mir, was es ist?“

„Nun, das ist gut. Das muss ich Sudie sagen und sie dazu bringen, dich morgen offiziell vorzustellen.“

„Das ist wohl ein weiterer interessanter Brauch des Landes.“

„ In der Tat ist es so; und es gehört auch nicht zu den Bräuchen, die ‚im Bruch mehr geehrt werden als in der Einhaltung‘.“

KAPITEL VI.

Herr Pagebrook macht einen guten Eindruck.

junge Pagebrook war ein Frühaufsteher. Keineswegs litt er unter einem dieser schlechten Gewissen, die das frühe Aufstehen zur Buße machen. Er hatte weder Vorurteile gegen das Liegen im Bett, noch war er fanatisch gegenüber dem Aufstehen. Er zitierte keine Sprichwörter zu diesem Thema und war nicht unlogisch genug, um zu glauben, dass es jedem Gesundheit, Weisheit oder Wohlstand bringen würde, jeden Morgen früh aufzustehen und ein oder zwei Stunden zu gähnen. Kurz gesagt, er war ein Frühaufsteher, nicht aus Prinzip, sondern aus Notwendigkeit. Irgendwie öffneten sich seine Augenlider bei Sonnenaufgang oder früher, und seine großen, muskulösen Gliedmaßen konnten danach nicht mehr lange im Bett gehalten werden. Er stand aus genau demselben Grund auf, aus dem die meisten Menschen im Bett liegen, nämlich weil es nichts anderes zu tun gab. Am Morgen nach seiner Ankunft in Shirley erwachte er früh und hörte zwei Dinge, die seine Aufmerksamkeit erregten. Das erste war ein Geräusch, das ihn mehr als nur ein wenig verwirrte. Es war ein stetiges, monotones Schaben der völlig unerklärlichen Art – ein wenig wie das Geräusch eines Zimmermannshobels und ein wenig wie das einer Säge. Wäre es im Freien gewesen, hätte er sich nichts dabei gedacht; Aber offensichtlich war es im Haus, und zwar nicht nur, sondern in jedem Teil des Hauses außer den Schlafzimmern. Kratzen, kratzen, kratzen, kratzen, kratzen. Was es bedeutete, konnte er nicht erraten. Als er dort lag und darüber nachdachte, hörte er ein anderes Geräusch, das viel musikalischer war, woraufhin er aus dem Bett sprang und begann, sich anzuziehen, wobei er sich auch über dieses Geräusch genauso sehr wunderte wie über das andere, obwohl er ganz genau wusste, dass es so war nichts weiter als eine menschliche Stimme – nämlich die von Miss Sudie . Er fragte sich, ob es jemals zuvor eine solche Stimme gegeben hatte oder jemals wieder geben würde. Nicht, dass die junge Frau gesungen hätte, denn sie tat nichts dergleichen. Sie gab den Dienstboten lediglich einige Anweisungen zu Haushaltsangelegenheiten, aber ihre Stimme war dennoch Musik, und Mr. Bob beschloss, sie besser zu hören, indem er sofort die Treppe hinunterging. Jetzt weiß ich zufällig, dass die Stimme dieser jungen Frau keineswegs ihr eigen war. Jedes wohlerzogene Mädchen in Virginia hat den gleichen reichen, vollen, sanften Ton, und alle sagen wie sie: „ grauss ", „ glauss ", „ bausket", „ cyarpet ", „ cyart " , „ gyarden " usw „ Mädchen ." Doch zufälligerweise hatte Mr. Bob noch nie ein Mädchen aus Virginia reden gehört, bevor er Miss Barksdale kennengelernt hatte, und für ihn waren ihre satten deutschen Einsen und der musikalische Klang ihrer Stimme etwas ganz Eigenes. Vielleicht hätten ihn all diese Dinge anders beeindruckt, wenn „Cousin Sudie " ein hässliches Mädchen gewesen wäre. Ich habe keine Möglichkeit, den

Punkt zu bestimmen, da „Cousin Sudie " sicherlich alles andere als hässlich war.

Herr Robert machte hastig eine Toilette und stieg in die große Halle oder den Durchgang, wie man ihn in Virginia nennt, hinab. Dabei entdeckte er den Ursprung des kratzenden Geräusches, das ihn verwirrt hatte, wie es jeden anderen verwirrt, der es zum ersten Mal hört. Überall auf dem Boden waren trockene „Pine Tags" (virginisch für die Nadeln der Kiefer) verstreut, und mehrere Negerfrauen waren damit beschäftigt, die harten weißen Bretter zu polieren, indem sie sie mit einem unbeschreiblichen Gerät aus einem Dutzend Stück Baumstamm rieben Maishülsen („Shucks", wie die Virginianer sie nennen – ein „Maishülsen" bedeutet in Virginia immer „ *Kolben "*) *und eine Stange als Griff.*

„Guten Morgen, Cousin Robert. Du bist bald wach", sagte die kleine Frau, kam aus dem Esszimmer und legte eine weiche, warme kleine Hand in seine große Handfläche.

Für den jungen Pagebrook war dies eine völlig neue Verwendung des Wortes „bald", und ich wage zu behaupten, dass er sich sehr dafür interessiert hätte, wenn nicht die schlanke kleine Frau, die dort mit dem Schlüsselkorb in der Hand stand, ihn interessiert hätte mehr.

„Du hast mich bei meiner Hausarbeit erwischt, aber egal. Sei nur vorsichtig, sonst rutschst du auf den Kiefernholznägeln aus; sie sind so rutschig wie Glas."

„Und ist das der Grund, warum sie auf dem Boden verstreut sind?"

„Ja, wir polieren mit ihnen. Im Norden wachsen Sie stattdessen Ihre Böden, nicht wahr?"

„Ja, für Bälle und dergleichen, glaube ich, aber normalerweise haben wir Teppiche."

„Was! Auch im Sommer?"

„O ja! Sicher, warum nicht?"

„Sie sind so warm. Wir nehmen unsere bald im Frühjahr auf und legen sie erst im Herbst wieder ab."

Diesmal bemerkte Herr Robert die seltsame Verwendung des Wortes „bald", sagte aber nichts dazu. Er sagte stattdessen:

„Was für ein schöner Morgen! Wie gerne würde ich in dieser Luft reiten!"

„Würdest du mich mitfahren lassen?" fragte das kleine Mädchen.

„So eine Frage, Cousine Sudie !"

Nun steht es mir frei zu gestehen, dass diese letzte Bemerkung unwürdig war, Mr. Pagebrook . Wenn es nicht ungrammatisch ist, ist es zumindest von fragwürdiger Konstruktion und entspricht daher überhaupt nicht dem Sprachgebrauch von Herrn Pagebrook . Aber die demoralisierende Wirkung der Gesellschaft von Miss Sudie Barksdale hörte hier keineswegs auf, wie wir zu gegebener Zeit sehen werden.

„Wenn du unbedingt reiten möchtest, lasse ich die Pferde mitbringen", sagte die kleine Dame.

„Und du bei mir?"

„Ja, wenn ich darf."

„Ich werde mehr als glücklich sein."

„Dick, lauf zur Scheune und sag Onkel Polidore , er soll Patty für mich und Graybeard für deinen Master Robert satteln. Hörst du? Entschuldige, Cousin Robert, und ich ziehe meine Kutte an."

Zehn Minuten später zügelten die beiden ihre Pferde auf einem kleinen Hügel, um den Sonnenaufgang zu betrachten. Der Morgen war gerade kühl genug, um durchaus angenehm zu sein, und die Erregung, die nichts anderes so sicher mit sich bringt wie schnelles Reiten, begann sich auf die Stimmung beider auszuwirken. Cousine Sudie war eine gute und anmutige Reiterin, und das wusste sie. Bisher war Robert zum größten Teil in Städten und auf glatten Straßen geritten; Aber er hielt sein Pferd mit fester Hand und kontrollierte es mit der Kraft eines starken Willens, der mit großer persönlicher Furchtlosigkeit und der Angewohnheit, alles, was er sich vorgenommen hatte, gut zu machen und alles zu tun, was von ihm erwartet wurde, reichlich dazu beitrug Es fehlte ihm an Erfahrung im raueren Reiten Virginias auf den dort eingesetzten, weniger perfekt ausgebildeten Pferden. Er war ein robuster Kerl mit wohlgeformten Gliedmaßen und perfekter Bewegungsfreiheit, so dass er zu Pferd ein sehr angenehm anzusehender junger Gentleman war, eine Tatsache, die Miss Sudie schnell bewusst wurde. Ihre Ausritte fanden größtenteils ohne Kavalier statt, da sie normalerweise früh am Morgen unternommen wurden, bevor ihr Cousin Billy daran dachte aufzustehen; und natürlich genoss sie die Anwesenheit eines so angenehmen jungen Herrn, wie Mr. Rob es sicherlich war, und ihre Freude an seiner Gesellschaft – da sie eine Frau war – wurde nicht im Geringsten durch die Entdeckung gemindert, dass dies zu seinen intellektuellen und sozialen Errungenschaften führte, die Sie waren sehr aufrichtig, dazu kamen ein hübsches Gesicht, eine hübsche Person und eine männliche Begeisterung für Bewegung im Freien. Als er ein paar wilde Blumen pflückte, die am Straßenrand wuchsen, ohne abzusteigen – ein Trick, den er irgendwo gelernt hatte –, wunderte sie sich über die Leichtigkeit und Anmut, mit der das gemacht wurde; Als er zu den Blumen ein kleines Büschel purpurner Beeren einer Wildrebe, deren Namen ich nicht kenne, und einen Zweig Sumach hinzufügte, der noch feucht vom Tau war, bewunderte sie seinen Geschmack; und als er galant um Erlaubnis bat, das Ganze in ihr Haar zu flechten, denn ihr Hut war abgefallen, wie es bei solchen Gelegenheiten bei hübschen jungen Frauen immer der Fall ist, fand sie ihn „einfach nett".

Es ist wirklich erstaunlich, wie schnell unter günstigen Umständen Bekanntschaften entstehen. Diese beiden jungen Leute waren beide schüchtern und hatten am Vortag kaum miteinander gesprochen. Als sie an diesem Morgen ihre Pferde bestiegen , waren sie fast Fremde, und ohne den Ausritt an diesem Morgen wären sie vielleicht eine Woche oder zwei Wochen lang nur halb bekannt geblieben. Insgesamt waren sie vielleicht eine Stunde weg, und als sie sich zum Frühstück hinsetzten, herrschte lockere Vertrautheit und echte Freundschaft zwischen ihnen.

Kapitel VII.

Mr. Pagebrook lernt mehrere Dinge.

Nach dem Frühstück ging Robert mit Billy hinaus, um den Negern beim Tabakschneiden zuzusehen, was immer eine interessante Tätigkeit ist, und besonders dann, wenn man sie zum ersten Mal sieht.

„Gilbert", sagte Billy zu seinem „Schulleiter", „hast du welche gefunden, die reif genug waren, um sie auf dem Grundstück dort neben der Preisscheune zu ernten?"

„Nein , das ist die grünste Tobawkah -Partie auf der Plantage, für alle, die gerade angepflanzt wurden . Ich weiß nicht , was ich daraus machen soll ."

„Warum, Billy, ich dachte, Cousin Edwin gehörte die ‚Preis'-Scheune!" sagte Robert.

„ Das tut er – seins."

„Sind es dann zwei davon?"

„Zwei davon? Was meinst du? Jede Plantage hat natürlich ihre eigene Scheune."

„In der Tat! Wer verleiht die Preise?"

„Ha! ha! Bob, das ist gut; aber frag mich besser *immer* , wenn du etwas über die Dinge hier wissen willst, sonst wirst du ausgelacht. Eine Preisscheune ist einfach die Scheune, in der wir Tabak schätzen."

„Und was heißt Tabak ‚preisen'?"

„Vielleicht ist ‚prize' kein gutes Englisch, Bob, aber es ist das äthiopische Standardwort für das Pressen, und jeder hier verwendet es. Wir pressen den Tabak in Hogsheads, wissen Sie, und wir nennen es ‚prising'. Das kam mir nie so vor." eine besonders südländische Verwendung des Wortes, aber vielleicht ist es trotzdem so. Du bist so scharfsinnig wie eine Kreissäge nach Dialekt, nicht wahr?"

„Ich weiß wirklich nicht genau, wie scharf eine Kreissäge ist, aber ich interessiere mich auf jeden Fall sehr für Ihre eigentümlichen Verwendungen der englischen Sprache."

Als Billy zum Haus zurückkehrte, sagte er:

„ Bob , ich muss Sie jetzt zwei oder drei Stunden lang auf sich selbst aufpassen lassen, da ich einige Papiere ausarbeiten muss und sie nicht warten wollen. Nächste Woche ist Gerichtswoche, und ich habe bis dahin noch viel zu tun." und dann. Aber du bist zu Hause, weißt du, alter Kerl.

Mit diesen Worten ging Mr. Billy in sein Büro, das sich im Hof befand, während Robert ins Haus schlenderte. Als er ins Esszimmer blickte, sah er dort Cousine Sudie . Möglicherweise suchte der junge Herr nach ihr. Ich bin mir sicher, dass ich es nicht weiß. Aber ob er damit gerechnet hatte, sie dort zu finden oder nicht, er empfand auf jeden Fall eine kleine Überraschung, als er sie ansah.

„Warum, Cousine Sudie , ist es möglich, dass du das Geschirr spülst?"

„Oh gewiss! Und die Teller und Tassen auch. Tatsächlich wasche ich alle Sachen einmal am Tag ab."

„Bitte sagen Sie mir, Cousin, genau, was Sie unter ,Gerichten' verstehen, wenn ich nicht aufdringlich bin", sagte Robert.

„Oh, überhaupt nicht! Kommen Sie herein und setzen Sie sich. Dort am Fenster wird es Ihnen angenehmer sein. ,Geschirr?' „Das ist ein Gericht und das und das" und zeigte auf sie.

„Ich verstehe. Das Wort „Gerichte" ist in Virginia kein allgemeiner Begriff, sondern bezieht sich nur auf Platten und Gemüsegerichte. Wie nennt man sie insgesamt, Cousine Sudie ? Ich meine Teller, Platten, Tassen, Untertassen und alles ."

„Warum ,Dinge', nehme ich an. Wir sprechen von ,Frühstücks-Dingen', ,Tee-Dingen', ,Abendessen-Dingen'. Aber warum warst du erstaunt, als du sahst, wie ich sie wusch, Cousin Robert?"

„Vielleicht hätte ich es besser wissen sollen, aber Tatsache ist, dass ich den Eindruck hatte, dass die Damen des Südens von jeglicher Arbeit völlig befreit waren, außer vielleicht ein wenig Stickerei oder so etwas."

„Oh mein Gott! Ich wünschte, du könntest mich während der Gerichtswoche sehen, wenn Onkel Carter und Cousin Billy den Richter und die Anwälte zu allen möglichen Zeiten mit nach Hause bringen; und sie bringen immer auch die Hungrigsten mit, die es gibt. Ich falle sofort in einen chronischen Zustand des Abwaschens geraten und sich erst erholen, wenn das Gericht vorbei ist.

„Ich verfalle sofort in einen chronischen Zustand, weil ich Dinge abwaschen muss.“

„Aber wirklich, Cousin – entschuldigen Sie, wenn ich neugierig bin, denn ich interessiere mich sehr für dieses Leben hier in Virginia, es ist so neu für mich – wie kommt es, dass *Sie* überhaupt Dinge aufräumen müssen?“

„Na ja, ich trage die Schlüssel, wissen Sie. Ich bin Haushälterin.“

„Nun, aber Sie haben sicherlich genug Diener, und zwar im Überfluss.“

„Oh ja! Aber jede Dame wäscht die Sachen mindestens einmal am Tag. Es würde nie genügen, es ganz den Dienstboten anzuvertrauen, wissen Sie?“

„Keiner von ihnen ist ausreichend vorsichtig und vertrauenswürdig, meinen Sie?“

„Nun, nicht ganz das; aber es ist unser Weg hierher, und wenn eine Dame es vernachlässigen würde, würden die Leute sie für eine schlechte Haushälterin halten.“

„Gibt es noch andere Aufgaben, die den Haushältern Virginias obliegen, außer ‚Dinge abwaschen‘? Sie sehen, ich versuche, so viel ich kann, über ein Leben zu lernen, das für mich so bezaubernd fremd ist, wie es das der Türkei oder Chinas wäre, wenn ich in eines der beiden Länder gehen würde.

„Irgendwelche anderen Pflichten? In der Tat gibt es sie, und du wirst lernen, was sie sind, wenn du es nicht dumm findest, mit mir meine Runde zu machen. Ich gehe jetzt.“

„Ich würde die Langeweile selbst interessant finden, wenn du mein Mitbeobachter bist."

„Richtig galant gesagt, gütiger Herr", sagte Miss Sudie mit einem übertriebenen Knicks. „Aber wenn du hübsche Reden halten willst, werde ich direkt frech. Ich bin sowieso furchtbar geneigt, und ich habe gerade die Idee, eine unverschämte Sache zu sagen."

„Bitte tun Sie es. Ich verzeihe Ihnen im Voraus."

„Nun, warum sagen Sie dann ,Virginian Housekeepers'?"

„Was soll ich sonst noch sagen?"

„Nun, natürlich Haushälterinnen aus Virginia, wie alle anderen auch."

„Aber ,Virginia' ist kein Adjektiv, Cousin. Du würdest doch nicht ,Haushälterinnen aus England' oder ,Haushälterinnen aus Frankreich' sagen, oder?" fragte Robert.

„Nein, aber ich würde ,Haushälterinnen aus New York', ,Haushälterinnen aus Massachusetts' oder ,Haushälterinnen aus New Jersey' sagen, und deshalb sage ich auch ,Haushälterinnen aus Virginia'. Ich schätze, Sie würden es ein wenig mühsam finden, Ihre Regel auszuführen." , nicht wahr, Cousin Robert?"

„Ich bin ziemlich geschlagen, das gebe ich zu; und in Anbetracht meines offenen Eingeständnisses der Niederlage erlauben Sie *mir vielleicht* , ein wenig unverschämt zu sein."

„Nach dieser galanten Rede, die Sie gerade gehalten haben, kann ich kaum glauben, dass so etwas möglich ist. Aber lassen Sie mich bitte hören, wie Sie es versuchen."

„ Oh, es ist sehr gut möglich, das versichere ich Ihnen!" sagte Robert. „Sehen Sie, ob das nicht der Fall ist. Was ich fragen möchte, ist, warum Sie Virginianer das Wort ,rechnen' so oft im Sinne von ,denken' oder ,vermuten' verwenden, wie Sie es kürzlich getan haben?"

„Weil es richtig ist", sagte Sudie .

„Nein, Cousin, das ist kein gutes Englisch", antwortete Robert.

„Vielleicht nicht, aber es ist *gutes Virginian* , und das ist für meine Zwecke besser. Außerdem muss es gutes Englisch sein. St. Paul hat es zweimal verwendet."

„Hat er? Mir war nicht bewusst, dass der Apostel der Heiden überhaupt Englisch sprach."

„Komm, Cousin Robert, ich muss jetzt das Abendessen verteilen. Willst du
meinen Schlüsselkorb tragen?"

KAPITEL VIII.

Miss Sudie macht ein treffendes Zitat.

Mein Freund, der Romane schreibt, erzählt mir, dass es keine andere Art von Übung gibt, die ein überlastetes Gehirn so perfekt ausruht wie das Reiten. Seine Theorie besagt, dass der Geist bei Überlastung nicht aufhört, auf Befehl zu arbeiten, sondern mit der Arbeit fortfährt, nachdem die Werkzeuge beiseite gelegt wurden. Wenn der Arbeiter zu Bett geht, kann er entweder nicht einschlafen, oder er schläft und träumt, sodass sein Geist im Schlaf härter arbeitet, als wenn er wach wäre. Gehen, sagt dieser befreundete Schriftsteller, bringt keine Erleichterung. Im Gegenteil: Beim Gehen denkt man besser als zu jeder anderen Zeit. Aber zu Pferd ist es für ihn unmöglich, seine Gedanken zwei Minuten lang auf irgendein Thema zu beschränken. Er kann so viele Gedankengänge beginnen, wie er möchte, aber er kommt nie über den Anfang hinaus. Die Bewegung des Tieres bringt alles durcheinander, und Ruhe ist die unvermeidliche Folge. Die tierischen Geister des Mannes erheben sich, vielleicht in Sympathie mit denen seines Pferdes, und während das Tier in ihm beginnt, sich durchzusetzen, gibt sein Intellekt seinem Herrn nach und lässt sich zur Ruhe kommen.

Nun ist es möglich, dass Herr Robert Pagebrook diese Tatsache über das Training auf dem Pferd herausgefunden hatte und beschlossen hatte, davon zu profitieren, um sich während seines Aufenthalts in Shirley die größtmögliche intellektuelle Ruhe zu sichern. Jedenfalls wiederholte sich seine frühmorgendliche Fahrt mit „Cousin Sudie ", nicht nur einmal, sondern jeden Tag, wenn entschiedener Regen nicht störte. Er interessierte sich auch sehr für das Virginia-System der Haushaltsführung und studierte es täglich in Begleitung von Miss Sudie , deren Schlüsselkorb er bei sich trug, während sie ihre Runden vom Esszimmer zur Räucherei und von der Räucherei machte zum Lagerraum, vom Lagerraum zum Garten und vom Garten zum schattigen Giebel des Hauses, wo Miss Sudie jeden Morgen das Butterfass „aufstellte", ein Vorgang, der aus dem Ausbrühen, dem Einfüllen der Sahne und dem Einwickeln bestand nasse Tücher über den ganzen Kopf und bis weit oben am Griff des Armaturenbretts, als Vorsichtsmaßnahme gegen die möglichen Folgen von Nachlässigkeit seitens des halben Dutzend kleiner Darkeys , deren tägliche Pflicht es war, „ chun " zu machen. Mr. Robert war bald mit allen Geheimnissen des „Verteilens" von Abendessen und anderen Dingen im Zusammenhang mit dem Amt einer Haushälterin bestens vertraut – einem Amt, auf das jede Frau aus Virginia stolz ist und auf dessen Pflichten jedes wohlerzogene Mädchen aus Virginia stolz ist ist durch und durch kompetent. (Folge: gutes Abendessen und allgemeiner Komfort.)

Alte „Tanten"-Köche sind immer extrem langsam und so haben die jungen Damen, die die Schlüssel tragen, bei ihren morgendlichen Runden die nötige Muße. Miss Sudie hatte, wie viele andere junge Frauen dort, die hübsche kleine Angewohnheit, ein Buch in ihrem Schlüsselkorb zu tragen, damit sie lesen konnte, während Tante Kizzey (ich weiß wirklich nicht, welches Eigenname dieses sehr gebräuchliche ist). ist eine Abkürzung) hat ihr Tablett zusammengestellt. Eines Morgens nahm Robert einen Band zur Hand, den er dort gefunden hatte, und setzte sein Gespräch fort, indem er sagte:

„Du liest Montaigne nicht, nicht wahr, Cousine Sudie ?"

„O ja! Ich habe alles gelesen – oder vielmehr irgendetwas. Ich habe nie ein Buch gesehen, aus dem ich nichts herausbekommen hätte, außer Longfellow."

„Außer Longfellow!" rief Robert überrascht aus. „Ist es möglich, dass Ihnen Longfellow nicht gefällt? Das ist Ketzerei der schlimmsten Art!"

„Das weiß ich, aber ich bin in vielen Dingen ein Ketzer. Ich hasse Longfellows Hexameter; ich mag Tennyson nicht; und ich kann Browning nicht besser verstehen, als er sich selbst versteht. Ich weiß, dass es mir gefallen sollte." Sie alle, wie Sie alle im Norden, aber ich nicht.

Herr Robert war schockiert. Hier war ein junges Mädchen, frisch und gesund, das mit Interesse das Geschwätz des prositischen alten Montaigne lesen konnte; der Pope auswendig kannte und Dryden fast genauso gut; der, wie er wusste, ständig die Prosa und Poesie des 18. Jahrhunderts las; und der sich bei einer früheren Gelegenheit seiner Vorliebe für Sonette schuldig bekannt hatte, aber bei Tennyson, Longfellow oder Browning nichts Gefallenes finden konnte. Irgendwie gefiel ihm die Entdeckung nicht, obwohl er kaum sagen konnte, warum, und so beschloss er, das Thema in diesem Moment nicht weiter zu verfolgen. Er sagte stattdessen:

„Das ist der seltsamste Virginianismus, den ich je gehört habe – ‚Ihr alle'."

„Das ist eine sehr praktische Sache, das müssen Sie zugeben, und ein Virginianer möchte in solchen Dingen nicht allzu weit gehen."

„Du wirst mich heute Morgen für kritisch halten, Cousine Sudie , aber ich wundere mich oft über die Nachlässigkeit, nicht nur der Virginians, sondern aller anderen, bei der Verwendung von Kontraktionen. „Nicht" ist zum Beispiel völlig ausreichend Abkürzung für „nicht tun", aber fast jeder verwendet es, wie Sie es gerade getan haben, für „nicht tun".

„Belehren Sie mich nicht, Cousin Robert. Ich bin ein Ketzer, das sage ich Ihnen, in der Grammatik."

„„Tu es nicht' ist der reichhaltigste Provinzialismus, den ich je gehört habe, Cousine Sudie . Das muss ich mir wirklich merken."

„Cousin Robert, lesen Sie Montaigne?"

„Manchmal. Warum?"

„Erinnern Sie sich, was er über Brauchtum und Grammatik sagt?"

"Nein, was ist es?"

„ Denken Sie daran, er sagt es, und nicht ich. Er sagt: ‚Diejenigen, die Sitte und Grammatik bekämpfen, sind Dummköpfe.' Was für ein unhöflicher alter Kerl er doch war, nicht wahr?"

Mr. Pagebrook fiel plötzlich ein, dass er an diesem Tag im Haus seines Cousins Edwin speisen sollte und dass es Zeit für ihn war zu gehen, da er zu Fuß gehen wollte, da Graybeard während des morgendlichen Galopps mit Miss Sudie lahm geworden war .

KAPITEL IX.

Mr. Pagebrook trifft einen Bekannten.

Herr Robert verließ das Haus auf dem Weg nach The Oaks in bester Laune mit sich selbst und allen anderen. Sein Cousin Billy und sein Onkel Col. Barksdale waren beide abwesend, weil sie an einem Gericht in einem anderen Bezirk teilnahmen, und so war Mr. Robert kürzlich fast allein mit Miss Sudie zurückgeblieben , und jetzt, da sie unsere allerbesten Freunde geworden waren, waren wir jung Der Mensch genoss diesen Zustand von ganzem Herzen. Tatsächlich war Miss Sudie eine junge Dame, die Mr. Roberts Geschmack sehr entsprach, und ich möchte diesem jungen Herrn ein so hübsches Kompliment machen, wie es sich ein gut regulierter Mann nur wünschen kann.

Mr. Robert ging zügig durch das Eingangstor und die Straße hinunter, genoss die strahlende Sonne und die satten Farben der Oktoberwälder und machte sich in seinem Herzen fröhlich, indem er in seiner Erinnerung die Gespräche durchging, die er in letzter Zeit mit ihm geführt hatte kleine Frau, die Shirley die Schlüssel trug. Wenn er gezwungen gewesen wäre, genau zu erzählen, was in diesen Gesprächen gesagt wurde, muss man zugeben, dass ein Fremder an der Wiederholung kaum Interesse gefunden hätte, aber irgendwie zauberte die Erinnerung unserem jungen Freund häufig ein Lächeln ins Gesicht und versetzte ihn in einen Zustand, in dem er sich an ihn erinnerte verleiht seinem Schritt zusätzliche Elastizität. Sein Umgang mit diesem Vetter mit Brevet war vielleicht nicht besonders brillant oder von einer Art, die für andere Menschen besonders interessant sein sollte, aber für ihn war er ohne Zweifel äußerst angenehm gewesen.

„ Mornin ' Mas' Robert", sagte Phil, als Robert an der Stelle vorbeikam, an der der alte Neger arbeitete. „Wie geht es euch heute Morgen ?"

„Guten Morgen, Phil. Mir geht es sehr gut, ich danke dir. Wie geht es dir, Phil?"

„Schlecht, Gott sei Dank. Ha! ha! ha! So ist es, Bruder Joe und alle anderen Leute sagen das immer. Sie werden nie zugeben, dass es ihnen gut geht. Aber ich sage euch jetzt, Mas' Robert, Phil ist ein guter Nigger *Immer*. Ich halte die ganze Zeit an meinem Ende fest . Ich kann die Spots den ganzen Tag aus der Arbeit schlagen, bis zwei Uhr Jigs machen und auf Opossum -Jagd gehen, bis der Morgen kommt. Bist du jemals Opossum gewesen? Jagen Sie , Mas' Robert?"

„Nein; ich glaube, ich habe nie Opossums gejagt, aber ich würde es sehr gerne versuchen, Phil."

„Würdest du? Gib mir dich." Han 'Mas' Robert. Du hast jetzt die Zeit, und wenn Phil dir nicht die Sehenswürdigkeiten der Opossum- Jagd zeigt, kannst du mich einen weißen Nigger nennen . Das ist eine Tatsache.

Robert versprach, rechtzeitig den nötigen Termin zu vereinbaren, und wollte gerade wieder aufbrechen, als Phil fragte:

„ Wohin gehst du heute Morgen , Mas' Robert?"

„Ich gehe rüber, um im The Oaks zu essen, Phil."

„ Ihr scherzt rechtzeitig aus dem Haus. Dar kommt Mas' Charles Harrison."

„Ich verstehe dich nicht, Phil. Warum sagst du, dass ich gerade noch rechtzeitig aus dem Haus bin?"

„Mas' Robert, hast du zwei gute Augen? Mas' Charles ist ein Arzt, weißt du, aber ja Bei Shirley ist niemand krank. Vielleicht hat er Angst vor Miss Sudie gwine, um krank zu werden. Hallo! Steh auf, Roley ! Das ist nicht der Fall Pflügen Sie Mausters Feld : Gut, ich sage es Ihnen!"

Als Phil sich abwandte, ritt Dr. Harrison heran.

„Guten Morgen, Mr. Pagebrook . Auf dem Weg nach The Oaks?"

Shirley gehst, gehe ich mit dir zurück!"

„O nein! Nein! Ich werde dort nur einen Moment innehalten. Ich bin auf dem Weg zu einigen Patienten in Exenholm , und da ich an Shirley vorbei musste, habe ich die Post mitgebracht, das ist alles. Ich werde nicht da sein Zehn Minuten, und ich weiß, dass sie dich im The Oaks erwarten. Ich habe Ewing aus dem Gerichtsgebäude mitgebracht. Foggy war wieder zu viel für ihn gewesen.

„Warum der Junge mir versprochen hat, dass er nicht noch einmal spielen würde."

„Oh! Es ist kaum Glücksspiel. Nur eine kleine Partie Klo. Jeder Herr spielt ein bisschen. Ab und zu greife ich selbst mit; aber Foggy ist ein ziemlich alter Vogel, wissen Sie, und er ist zu viel für Ihren Cousin. Ewing Natürlich sollte ich nicht mit *ihm* spielen , und deshalb habe ich ihn mitgenommen. Übrigens werden wir in ein oder zwei Tagen einen Fuchs aufziehen und dir etwas Sport zeigen. Der Tabak ist jetzt ganz geschnitten , und die Hunde sind in bester Ordnung – so dünn wie eine Latte. Du musst natürlich bei uns sein. Wir werden einen im Kiefernviertel aufstellen, und er wird sicher zum Fluss rennen; also kannst du als der reinkommen Hunde kommen an Shirley vorbei.

„Ich würde natürlich gerne eine Fuchsjagd sehen, aber ich habe kein richtiges Pferd", sagte Robert.

„Warum, wo ist Graybeard? Billy hat mir erzählt, dass er ihn dir zur Ausnutzung und Misshandlung ausgeliefert hat."

„ Das hat er getan, und er reitet derzeit auf seinem Braunen. Aber Graybeard ist im Moment ziemlich lahm."

„Dann fahren Sie mit der Bucht. Billy wird doch heute Abend vom Gericht zurück sein, nicht wahr?"

„Ja; aber er wird sich der Jagd anschließen wollen, nehme ich an."

„Ich schätze, er wird es tun, aber er kann etwas anderes reiten. Er hat nicht oft Lust, den Schwanz zu nehmen, und auf einem seiner ‚ Conestogas' kann er so viel sehen, wie er möchte ." Ich sage dir, was du tun kannst. Winger hat ein prächtiges Hengstfohlen, ziemlich gut trainiert, und du kannst ihn für ein oder zwei Dollar bekommen, wenn du keine Angst hast , ihn zu reiten. Du musst es irgendwie hinbekommen, also „im Sterben dabei sein!" Ich möchte, dass du etwas Reiten siehst.

Herr Robert versprach, zu sehen, was er tun könne. Er wollte unbedingt wenigstens einmal hinter den Hunden herreiten, obwohl er zugeben muss, dass er sich mehr gefreut hätte, wenn die Hunde, hinter denen er geritten wäre, jemand anderem gehört hätten als dem Herrn, der allgemein als „Foggy" bekannt ist, einer Persönlichkeit, für die Mr . Robert hatte sicherlich keine allzu große Zuneigung entwickelt. Damit der Leser weiß, ob sein Vorurteil begründet war oder nicht, muss ich ein wenig zurückgehen und einige der losen Fäden meiner Geschichte zusammenfassen, während unser junger Mann auf dem Weg nach The Oaks ist . Ich war so sehr an der heranreifenden Bekanntschaft zwischen Mr. Rob und Miss Sudie interessiert , dass ich es versäumt habe, einige andere Persönlichkeiten vorzustellen, die vielleicht weniger angenehm, aber nicht weniger wichtig für das richtige Verständnis dieser Geschichte sind. Lassen wir den jungen Pagebrook nun unterwegs und lassen Sie mich dem Leser in einem neuen Kapitel etwas über die Menschen erzählen, die er vor dem gastfreundlichen Shirley-Anwesen getroffen hatte.

KAPITEL X.

Hauptsächlich in Bezug auf „Foggy".

Dr. Charles Harrison war ein junger Mann von fünfundzwanzig oder sechs Jahren, ein entfernter Verwandter der Barksdales – so weit entfernt, dass er sich selbst nie als Verwandter erkannt hätte, wenn er und sie nicht Virginianer gewesen wären. Er war ein junger Mann von guter Verfassung, der Feldsport liebte und sich in allen äußeren Angelegenheiten einigermaßen gut benahm, aber ohne sehr feste moralische Prinzipien. Er war ein Gentleman im strengen Sinne Virginias. Das heißt, er stammte aus einer guten Familie, war gut gebildet und hatte nie etwas getan, was sich selbst blamieren könnte; Deshalb wurde er in allen Herrenhäusern als gleichberechtigt aufgenommen. Er trank gelegentlich etwas zu viel und bluffte und ging ein wenig zu oft auf die Toilette, dachten die älteren Leute; Aber diese Dinge, so wurde allgemein angenommen, waren nur jugendliche Torheiten. Er würde aus ihnen herauswachsen – heiraten und nach einer Weile sesshaft werden . Er war im Großen und Ganzen ein sehr angenehmer Mensch und in seiner Art ein wahrer Gentleman.

„Foggy" Raves war eine Anomalie. Seine genaue Position auf der sozialen Skala war sehr schwer zu ermitteln und ist noch schwieriger zu definieren. Sein Vater war Aufseher gewesen, und so war „Foggy" sicherlich kein „Gentleman". Andere Männer ähnlicher Abstammung kannten ihren Platz, und wenn es für sie aus geschäftlichen Gründen erforderlich war, das Haus eines Herrn zu besuchen, erwarteten sie, dass sie bei schönem Wetter auf der Veranda und bei schlechtem Wetter im Speisezimmer empfangen würden . Sie hätten nie davon geträumt, in den Salon mitgenommen, der Familie vorgestellt oder zum Abendessen eingeladen zu werden. All diese Dinge waren anerkannte Bräuche; Die Grenze zwischen „Gentlemen" und „einfachem Volk" war tatsächlich sehr scharf gezogen . Die beiden Klassen lebten in ausgezeichnetem Verhältnis zueinander, vermischten sich jedoch nie. Der Herr war aus Respekt vor sich selbst stets höflich gegenüber dem einfachen Volk; während das einfache Volk aus Pflichtgefühl jedem Herrn gegenüber sehr respektvoll war. Nun, dieser Raves war kein „Gentleman". So viel war klar. Und doch war seine Stellung unter den Menschen, die ihn kannten, aus irgendeinem unerklärlichen Grund nicht gerade die eines einfachen Mannes. Zwar wurde er nie genau so in Herrenhäuser eingeladen, wie es ein Gentleman getan hätte; und doch ging er sehr oft in Herrenhäuser, und das auch auf Einladung. Wenn junge Männer vorübergehend oder dauerhaft Junggesellenabschiede hatten, wurde „Foggy" mit Sicherheit ziemlich häufig zu einem Besuch eingeladen. Solange es zu Hause keine Damen gab, wusste sich „Foggy" willkommen, und er hatte in vielen vornehmen Salons Whist, Klo und Bluff gespielt, in die er nie zu gehen gedachte, wenn es Damen auf der Plantage gab. Er hielt auch eine schöne Meute Hunde und stand eindeutig an der Spitze des „Fuchsjagdinteresses" der Grafschaft; und das war auch eine Anomalie, da die Fuchsjagd ein überaus aristokratischer Sport ist, bei dem sich Herren nur in Gesellschaft mit Herren engagieren – außer im Fall von „ Foggy ".

"NEBELIG."

Was genau „ Foggys " Geschäft war, ist schwer zu sagen. Zum einen war er Polizist und *von Amts wegen* Bezirksgefängniswärter. Die Hälfte des Gefängnisgebäudes wurde zu seinem Wohnsitz umgebaut, und dort lebte er, ein etwa fünfzigjähriger Junggeselle. Ab und zu vermietete er in geringem Umfang Pferde und Kutschen, aber sein Einkommen verdiente er hauptsächlich mit „Bluff" und „Klo". Ein- oder zweimal hatten Colonel Barksdale und einige andere Herren versucht, „Foggy" aus dem Gefängnis zu vertreiben, weil sie glaubten, dass seine Einrichtung dort viele der jungen

Männer ruinieren würde, was mit Sicherheit der Fall war. Da dies nicht gelang, wurde er wegen Glücksspiels an einem öffentlichen Ort angeklagt. Die Anklage scheiterte jedoch. Das Gericht entschied, dass die Privaträume des Gefängniswärters im Gefängnis nicht als öffentlicher Ort bezeichnet werden könnten, obwohl alle Zimmer in einem Hotel öffentlich zugänglich gewesen seien Bedeutung der Satzung.

Der Vorname dieses Mannes war natürlich nicht „Foggy", obwohl kaum jemand wusste, wie er wirklich war. Er hatte seinen Spitznamen schon in jungen Jahren gewonnen, indem er den professionellen Spieler Daniel K. Foggy dafür bezahlte, ihm beizubringen, „wie man Roulette schlägt", und dann sein Geld zurückgewann, indem er sein erworbenes Wissen an Daniels eigenem Roulettetisch unter Beweis stellte. Alle waren sich einig, dass „Foggy" ein guter Kerl war. Er gab sich alle Mühe, jedem entgegenzukommen, und besaß, wie man sich allgemein einig war, viele Instinkte eines Gentleman. Er war überhaupt kein professioneller Spieler. Er hatte nie eine Faro-Bank. Er habe nur zum Vergnügen Karten gespielt, sagte er, und es gebe eine weitverbreitete Tendenz, seiner Aussage Glauben zu schenken. Die Wetten dienten lediglich dazu, „es interessant zu machen", und manchmal wurde das Spiel tatsächlich sehr „interessant" – oft sogar im Ausmaß von mehreren hundert Dollar.

Nur etwa eine Woche vor dem Morgen, an dem Herr Robert Dr. Harrison traf, war er zum Gerichtsgebäude gegangen, um den Arzt aufzusuchen. Während sie dort waren, hatte der junge Harrison ihnen vorgeschlagen, zu Foggy zu gehen , und erklärt, dass Foggy „ein ziemlicher Charakter sei, den man kennen sollte; natürlich kein Gentleman, aber ein guter Kerl wie immer."

Foggy ging , hatte Robert seinen Cousin Ewing Pagebrook dort beim Kartenspielen angetroffen . Der Junge – denn er war noch nicht volljährig – war rot und aufgeregt, und Robert sah auf den ersten Blick, dass er stark verloren hatte. Als Robert hereinkam, warf er seine Karten weg und erklärte sich spielmüde.

„Das werde ich arrangieren, Foggy", sagte der Junge mit einem Nicken.

„Oh, es reicht jederzeit!" antwortete der andere. „Wie geht es dir , Charley? Komm rein."

Dr. Charley stellte Robert vor, und dieser, der Foggys Begrüßung kaum erkannte, wandte sich an Ewing und fragte:

„Was hast du gemacht, Ewing? Kein Glücksspiel, hoffe ich."

„O nein! sicherlich nicht", sagte Foggy; „Nur ein kleines Draw-Poker-Spiel, zehn Cent Ante."

„Nun, aber wie viel hast du verloren, Ewing?“ fragte Robert. „Wie viel mehr, als Sie in bar bezahlen können, meine ich? Wie ich sehe, haben Sie die Rechnung noch nicht beglichen.“

Ewing neigte dazu, sich über die Befragung seines Cousins zu ärgern, aber sein eher schwacher Kopf war dem starken Kopf seines Cousins keineswegs gewachsen. Dieser große, massige Robert Pagebrook war „über und über groß“, hatte Billy Barksdale gesagt. Sein Wille war für die meisten Menschen Gesetz, wenn er ihn entschieden durchsetzen wollte. Er nahm nun seinen Cousin zur Hand und ließ ihn dem Spieler eine Schuld von fünfzig Dollar gestehen. Dann wandte er sich an Foggy und sagte:

„Herr Raves, Sie haben anscheinend das gesamte Geld dieses jungen Mannes und fünfzig Dollar mehr gewonnen. Nun, so wie ich die Sache verstehe, sind diese fünfzig Dollar im Glücksspieljargon eine ‚Ehrenschuld‘, und so muss es auch sein.“ bezahlt. Aber Sie müssen anerkennen, dass Sie einem einfachen Jungen mehr als gewachsen sind, und Sie sollten ihm „eine Chance geben“. Ich glaube, das ist der richtige Ausdruck, nicht wahr?“

„Ja, das stimmt; aber wie kann man beim Draw-Poker Quoten angeben?“

„Ich werde es Ihnen zeigen, obwohl ich sicherlich nicht mit den Geheimnissen dieses Spiels vertraut bin. Sie und er denken, er schuldet Ihnen fünfzig Dollar. Nun bin ich der Meinung, dass er Ihnen nichts schuldet, während Sie ihm den genauen Geldbetrag schulden Sie haben von ihm gewonnen, und ich schlage vor, einen Kompromiss herbeizuführen . Das Gesetz von Virginia ist, glaube ich, ziemlich streng, was das Glücksspiel mit Minderjährigen betrifft, und wenn ich bereit wäre , könnte ich Ihnen in dieser Hinsicht einige Schwierigkeiten bereiten. Aber ich schlage stattdessen vor, Ihnen zehn Dollar zu zahlen – gerade genug, um eine lohnenswerte Quittung auszustellen – und Ihre Quittung in voller Höhe über den fälligen Betrag zu nehmen. Ich werde dann meinen Cousin nach Hause bringen, und er kann mich nach Belieben bezahlen. Ist das so? zufriedenstellend, Sir?“

Mr. Robert war in gewaltiger Wut, obwohl sein Verhalten so ruhig war, wie man es sich nur vorstellen kann, und seine Stimme so sanft und sanft war wie die einer Frau. Wäre Foggy geneigt gewesen, auf die scheinbare Ruhe seines Gegners zu vertrauen und den Tyrannen zu spielen, hätte er sich zweifellos auf der Stelle in körperliche Schwierigkeiten gebracht. Um es im Klartext zu sagen: Robert Pagebrook war durchaus bereit, den Spieler mit den Fäusten zu bestrafen, und hätte zweifellos kurzen Prozess gemacht, wenn Foggy ihn mit einem Wort provoziert hätte. Aber Foggy hat nie gestr0itten. Dafür kannte er sein Geschäft zu gut. Gegenüber Herren gab er sich nie die Allüren. Er kannte seinen Platz zu gut. Er ließ sich nie auf irgendwelche Unruhen ein, die ihn auffallen ließen. Er kannte die Konsequenzen nur zu gut. Er war immer ruhig, immer respektvoll, immer zufrieden; und obwohl er keinen Grund hatte, mit der Tracht Prügel zu rechnen, die Robert Pagebrook ihm unbedingt verpassen wollte, war er in seiner Antwort an diesen Herrn dennoch so selbstgefällig wie möglich.

„Aber sicher, Mr. Pagebrook . Ich hatte überhaupt nicht vor, das Geld zu nehmen. Ich wollte nur unseren jungen Freund hier erschrecken und ihm eine Lektion erteilen. Er glaubt, er könne Karten spielen, obwohl er es nicht kann, und das wollte ich." ‚Ihm das Eierlutschen verbieten‘, das ist alles. Ich wollte ihn denken lassen, er müsse mich bezahlen, um ihn zu erschrecken, denn ich habe ein Interesse an Ewing. , Gewiß, das tue ich. Jetzt lass es mich dir sagen, Ewing , nennen wir dieses Quadrat, und du darfst nicht mehr spielen. Du spielst jetzt ehrlich, aber wenn du weitermachst, wirst du nach einer Weile schummeln , und wenn jemand beim Kartenspielen betrügt, Ewing, wird er stehlen . Bedenken Sie, ich spreche aus Erfahrung, denn ich habe viel von dieser Sache gesehen. Kommen Sie, Charley, Sie und Mr. Pagebrook , lasst uns etwas trinken. Ich habe einen großartigen Shield's Whisky.

Mr. Pagebrook brachte genügend Höflichkeit auf, um die alkoholische Gastfreundschaft ohne Unhöflichkeit abzulehnen, und verabschiedete sich zusammen mit seinem Cousin.

Ewing bat Robert, das Geheimnis, auf das er so gestoßen war, für sich zu behalten, und Robert versprach, dies unter der ausdrücklichen Bedingung zu tun, dass Ewing in Zukunft überhaupt nicht mehr Karten um Geld spielen würde. Dies versprach der junge Mann, und unser Freund Robert gratulierte sich zu seinem Erfolg, seinen wohlmeinenden, aber eher schwachsinnigen Cousin vor dem sicheren Ruin zu retten.

KAPITEL XI.

Mr. Pagebrook Rides.

Angesichts der im vorhergehenden Kapitel beschriebenen Umstände war es ganz natürlich, dass Robert Pagebrook etwas verärgert war, als er vom jungen Harrison erfuhr, dass sein Cousin erneut in die Hände von Foggy Raves gefallen war. Und er verspürte tatsächlich Ärger, und zwar zu einem großen Teil, als er seinen Spaziergang in Richtung The Oaks fortsetzte. Abgesehen von seinem Interesse an seinem Cousin mochte Robert es nicht, bei irgendetwas geschlagen zu werden, und die Feststellung, dass der Spieler ihn in seinem Kampf um die Rettung Ewings fair geschlagen hatte, war für ihn alles andere als angenehm. Andererseits hatte sich sein Cousin als kläglich moralisch schwach erwiesen, und Schwächen waren für Robert Pagebrook immer unangenehme Dinge . Er hatte keinerlei Verständnis für Unentschlossenheit jeglicher Art und keine Geduld für instabile moralische Knie. Er war daher halb wütend und ganz betrübt, als er von Ewings Bruch seines Versprechens hörte. Sein erster Impuls bestand darin, sich an die nächste große Jury zu wenden und Foggys Anklage wegen Glücksspiels mit einem Minderjährigen zu erwirken, aber eine reifere Überlegung überzeugte ihn davon, dass dies unter den gegebenen Umständen zwar eine angenehme, aber auch unkluge Entscheidung wäre. Ewing bloßzustellen bedeutete, ihn hoffnungslos zu ruinieren, hatte Robert das Gefühl, denn er wusste, dass eine Reformierung angesichts der öffentlichen Schande weitaus mehr moralische Ausdauer erfordert, als Ewing Pagebrook jemals hatte. Robert wusste nicht genau, was er tun sollte. Er würde mit Cousine Sudie über die Angelegenheit sprechen und herausfinden, was sie für das Beste hielt. Ihr Urteilsvermögen war, wie er herausgefunden hatte, besonders gut und es könnte ihm bei der Entscheidungsfindung helfen.

Als er an Cousin Sudie dachte , erinnerte er sich an Phils Hinweis auf den Zweck von Dr. Harrisons Besuch, und sein Gesicht brannte, als ihm die Überzeugung kam, dass dieser Mann Cousin Sudies akzeptierter oder akzeptabler Liebhaber sein könnte. Er wusste genau, dass Harrison Shirley häufig anrief; Aber Cousine Sudie hätte den Mann sicherlich oft in Gesprächen erwähnt, wenn sie ihn weitgehend im Kopf gehabt hätte. Aber würde sie es tun? Das war ein zweiter Gedanke. War ihr Schweigen nicht vielmehr ein Hinweis darauf, dass sie tatsächlich an den Mann dachte? Wenn sie ihn als Liebhaber erkannte, würde sie dann nicht jede unnötige Erwähnung seines Namens vermeiden? War es nicht wahrscheinlich, dass Phil über den Fall ziemlich gut informiert war? All diese Dinge gingen ihm schnell durch den Kopf. Aber warum sollte er sich über eine Angelegenheit Sorgen machen, die ihn überhaupt nicht beschäftigte? *Er* interessierte sich nur als Freund für Cousine Sudie . Natürlich nicht. War sein Herz nicht immer noch wund von dem Leid, das er durch Miss Nellie Currier erlitten hatte? NEIN; Im Großen und Ganzen musste er zugeben, dass dies nicht der Fall war. Tatsächlich hatte er seit mindestens vierzehn Tagen nicht mehr an diese junge Dame gedacht; Und jetzt, wo er an sie dachte, konnte er unmöglich verstehen, wie oder warum er sich überhaupt um sie gekümmert hatte. Aber er war nicht in Cousine Sudie verliebt . Da war er sich sicher. Und doch konnte er sich eines Gefühls äußerster Verärgerung über den Gedanken, den Phils Bemerkung nahelegte, nicht verkneifen. Er kannte den jungen Harrison nur sehr wenig, aber er war es gewohnt, bei Männern ziemlich schnell Maßnahmen zu ergreifen, und er war mit dieser Entscheidung als Bewerber für Cousin Sudie überhaupt nicht zufrieden . Er wusste, dass Foggy der ziemlich ständige Mitarbeiter des jungen Arztes war. Er wusste, dass Harrison manchmal zu viel trank, und er hatte das Gefühl, dass er in guten moralischen Fragen nicht allzu gewissenhaft war. Kurz gesagt, unser junger Mann war ziemlich empört, als er den Aufseher von Maj. Pagebrook , Winger, traf. Es kam sofort zu einer Verhandlung, die mit der Vereinbarung endete, dass Robert das schwarze Hengstfohlen reiten sollte, solange Graybeards Lahmheit anhalten sollte, und Winger eine moderate Miete für das Tier zahlte.

Als der Handel abgeschlossen war, stieg Winger ab und Robert nahm seinen Platz auf dem Rücken des Hengstes ein und borgte sich Wingers Sattel, bis er am Abend zu Shirley zurückkehrte.

Das Training auf dem Pferd ist in mancher Hinsicht sicherlich eine merkwürdige Sache. Als Robert an diesem Morgen unterwegs war, hatten, wie wir gesehen haben, mehrere Dinge zusammengewirkt, die ihn düster, mutlos und allgemein verstimmt machten. Ewings Rückschritt hatte ihn verärgert, und die Möglichkeit oder Wahrscheinlichkeit, dass Phil seine Informationen und sein Urteilsvermögen in der Sache mit Cousin Sudie und Dr. Harrison akkurat ausgab, hatte ihn zutiefst deprimiert. Als er sich auf dem Rücken dieses prächtigen Hengstfohlens befand, dessen Freude es war, einen starken, furchtlosen Reiter zu tragen, empfand er sofort tiefes Mitgefühl für die gute Laune und den rasanten Puls des Tieres. Er begann zu galoppieren und fühlte sich augenblicklich in einer viel helleren Welt als der, die er seit zehn Minuten durchquert hatte. Seine Stimmung stieg. Seine Hoffnung kehrte zurück. Die Welt wurde besser und die Zukunft vielversprechender. Herr Robert Pagebrook verspürte die unvernünftige, aber durchaus entzückende Hochstimmung, auf die sich Billy Barksdale bezog, als er sagte: „Bob ist der glücklichste Mensch auf der Welt; er ist manchmal froh, nur weil er lebt." Genau das war der Stand der Dinge. Herr Robert war auf diesem hochherzigen Pferd überaus lebendig und war darüber froh. Im bloßen Akt des Lebens liegt mehr Freude, als viele

Menschen ahnen; Aber nur diejenigen, die ein reines Gewissen, elastische Muskeln und eine vollkommene geistige und körperliche Gesundheit haben, können diese Freude voll und ganz teilen. Robert Pagebrook hatte all das und saß obendrein auf einem perfekten Pferd; und das ist, wie alle Reiter wissen, ein wichtiger Aspekt dieser Angelegenheit.

Er galoppierte weiter in Richtung The Oaks und ließ seine Sorgen genau dort zurück, wo er sein Pferd bestieg. Er vergaß Ewings Abfall; Er vergaß Dr. Harrison, aber er erinnerte sich an Cousine Sudie , und das auch noch angenehm. Da er zu Pferd saß, projizierte er sich natürlich in die Zukunft, die immer eine strahlende Welt ist, wenn man darauf galoppiert. Er würde die bevorstehende Fuchsjagd von Herzen genießen – besonders auf ein solches Tier wie das, das jetzt unter ihm ist. Dann drängten seine Gedanken noch weiter nach vorn und er träumte Träume. Seine ordentliche Professur würde ihm ein Gehalt zahlen, das ausreichte, um die Gründung einer eigenen kleinen Niederlassung zu rechtfertigen, und dann sollte er wissen, was es bedeutet, ein Zuhause zu haben, in dem es Liebe, Reinheit, Frieden und häuslichen Komfort geben sollte. Die Frau, die das Zentrum all dieser Glückseligkeit bilden sollte, war hinsichtlich ihrer Identität und anderer Details vage unklar. Sie existierte auf dem Bild nur in Umrissen, aber diese Umrisse ähnelten auffallend der jungen Frau, die Shirley den Schlüsselkorb trug – natürlich eine zufällige Ähnlichkeit, denn Mr. Robert Pagebrook war sich sicher, dass er nicht in Cousine Sudie verliebt war .

KAPITEL XII.

Herr Pagebrook speist mit seiner Cousine Sarah Ann.

Wie weitgehend Mr. Roberts gute Laune das Ergebnis schnellen Reitens auf einem guten Pferd war und inwieweit andere Ursachen dazu beitrugen, kann ich überhaupt nicht sagen. Was auch immer ihr Grund war, sie sollten nicht lange überleben, nachdem er bei The Oaks abgestiegen war. Tatsächlich war sein Tag auf diesem Landsitz überhaupt nicht angenehm. Seine Cousine Sarah Ann war zu jeder Zeit eine ziemlich deprimierende Person, und es gab Umstände, die sie bei dieser besonderen Gelegenheit besonders deprimieren ließen. Cousine Sarah Ann hatte die chronische Angewohnheit, sich demonstrativ zu bemitleiden, was für einen gesunden jungen Mann wie Robert sehr unangenehm war. Sie pflegte und schätzte ihre Trauer, als wären sie ihre Kinder, und wie Kinder wuchsen sie dabei heran. Sie hatte Robert mehrmals erzählt, wie einsam sie seit dem Tod ihrer Mutter vor drei Jahren war, und mit Tränen in den Augen hatte sie sich darüber beklagt, dass es niemanden mehr gab, der sie liebte, jetzt, da die arme Mutter nicht mehr da war – eine Aussage, die aufrichtig war und logischerweise fühlte sich Robert fast schuldig, als er von einer Frau hörte, die einen Ehemann und ein Haus voller Kinder hatte. Sie beklagte sich auch sehr über ihre Armut, eine Klage, die diesen ehrlichen jungen Mann schockierte, da er wusste, dass sein Cousin Edwin einer der reichsten Männer im ganzen Land war, mit einer guten Plantage zu Hause, a ein sehr großes und profitables Gebäude in Mississippi, zwanzig oder dreißig Geschäftsgebäude, gut vermietet, in Richmond, ein Überschuss an Geld auf der Bank und überhaupt keine Schulden, was ihn in einem Staat, in dem es kaum war, fast zu einer Kuriosität machte respektabel, kein Geld zu schulden. Sie beklagte sich auch darüber, dass ihre Jungen langweilig und ihre Mädchen nicht hübsch seien, wobei beide Beschwerden in der Tat sehr begründet waren. Als Robert bei seinem ersten Besuch ihr gemütliches und wirklich hübsches Haus lobte, antwortete sie:

„Oh! Ich kann nicht so tun, als würde ich in einem aristokratischen Haus wie dem Ihrer Tante Mary leben. Ich habe kein „Familienhaus" geerbt, wissen Sie, und deshalb mussten wir dieses Haus bauen. Es hat nicht ein bisschen Täfelung, Sie sehen, und keine alten Bilder. Ich schätze, ich bin nicht so gut wie ihr Pagebrooks , und irgendwie ist mein Mann nicht so aristokratisch wie der Rest von euch. Ich schätze, er ist nur ein Halbblut- Pagebrook , und Deshalb hat er sich herabgelassen, mich zu heiraten."

Das war Cousine Sarah Anns liebste Art, über sich selbst zu sprechen, und sie sagte „Ich armer Mensch" mit einem Grad an Pathos in ihrem Ton, der ihr jedes Mal Tränen in die Augen trieb.

Im vorliegenden Fall gab es, wie gesagt, Umstände, die es dieser geschätzten Dame ermöglichten, sich ungewöhnlich unangenehm zu machen. Sie hatte ein neues Leid und schwelgte in einer Ekstase des Leids. Es war ihr Lebensziel, außergewöhnlich unglücklich zu sein, und dementsprechend begrüßte sie Kummer mit einer Begeisterung, die nur wenige Menschen kennen. Sie würde im Himmel nicht glücklich sein, sagte Billy Barksdale, wenn sie die Menschen dort nicht davon überzeugen könnte, dass sie von den Heiligen brüskiert und von den Engeln angegriffen wurde.

Als Robert an diesem Morgen in The Oaks ankam, empfing ihn Major Pagebrook am Tor, wie es Brauch war, aber ohne seine gewohnte Fröhlichkeit im Gesicht. Er gab jedoch keine Erklärung ab und Robert stellte keine Fragen. Die beiden gingen in den Salon. Robert erblickte Ewing im Obstgarten hinter dem Haus, hatte aber keine Gelegenheit, mit dem jungen Mann zu sprechen.

Robert war noch nicht viele Minuten im Salon, als Major Pagebrook hinausging und Cousine Sarah Ann eintrat und ihn mit ihrem Taschentuch vor den Augen begrüßte. Sie unternahm ein oder zwei demonstrative Versuche, sich zu beherrschen, und brach dann demonstrativ in Tränen aus.

Cousine Sarah Ann.

„Oh! Cousin Robert, ich wollte mich nicht auf diese Weise verraten. Aber mir geht es so elend. Ewing wurde wieder von diesem Mann abgeführt, Foggy Raves.“

„Es tut mir zutiefst leid, das zu wissen, Cousine Sarah Ann“, antwortete Robert. „Hat er viel verloren?“

„Oh, Ewing spielt nie! Das meine ich nicht. Gott sei Dank spielt mein Junge nie Karten, außer mit kleinen Einsätzen zur Unterhaltung. Aber er ist letzte Nacht zum Gerichtsgebäude rübergegangen, um bei Charley Harrison zu übernachten, und sie sind zu Foggy gegangen und sie haben etwas zu viel getrunken. Und jetzt ist Cousin Edwin (Mrs. Pagebrook nannte ihren Mann immer Cousin Edwin) darüber furchtbar wütend und hat den armen Jungen grausam, grausam ausgeschimpft. Er hat sogar gedroht, ihn ohne Inhalt abzuschneiden Sein Wille, und lass den armen Jungen verhungern. Männer sind so hartherzig! Der Gedanke, dass ich noch erleben sollte, wie mein Junge auf diese Weise und noch dazu von seinem eigenen Vater gesprochen wird, bringt mich fast um. Ich armer Mensch! Es gibt niemanden mich jetzt zu lieben.

„Sag es mir, Cousine Sarah Ann“, sagte Robert, „denn mir liegt Ewing sehr am Herzen, und ich habe vor, ihn zu bekehren, wenn ich kann – betrinkt er sich oft?“

„Betrink dich! Mein Junge betrinkt sich nie! Du redest genau wie Cousin Edwin. Er trinkt nur wenig, wie alle jungen Herren es tun, und wenn er ab und zu zu viel trinkt, ist das sicher nicht so schlimm wie …“ Ihr schafft es alle. Ich verstehe nicht, warum man den armen Jungen die ganze Zeit im Zaum halten und schimpfen und schimpfen und über ihn reden muss, nur weil er andere Menschen mag; und das ist es, was mich beunruhigt. Cousin Edwin schimpft mit Ewing und Dann schimpft er mit mir, weil ich die Rolle des armen Jungen übernommen habe, und das ist mehr, als ich ertragen kann. Und jetzt redest du davon, ihn zu ‚umerziehen‘!“

Robert erklärte, dass er den Grund für die Trauer von Cousine Sarah Ann missverstanden hatte, aber er dachte, es wäre mehr als sinnlos, ihr zu sagen, dass sie den Jungen ruinierte, da er klar genug sah, dass sie es tat. Er drehte also das Gespräch, und Cousine Sarah Ann trocknete sich schnell die Augen.

„Sie reiten auf Mr. Wingers Pferd, wie ich sehe. Was ist aus Graybeard geworden?“ fragte sie nach einer Weile.

„Er ist im Moment ein wenig lahm. Nichts Ernstes, aber ich dachte, ich würde Wingers Hengst anheuern, bis es ihm besser geht.“

„Ah! Ich verstehe. Die Fahrten bald am Morgen dürfen unter keinen Umständen aufgegeben werden. Aber du solltest besser aufpassen, Cousin Robert. Es tut mir leid für dich, wenn du dort den Mut verlierst."

„Warum, Cousine Sarah Ann, was meinst du? Ich bin mir wirklich nicht sicher, ob ich dich verstehe."

„Oh! Ich sage nichts; aber diese Fahrten jeden Morgen und die ganze Hauswirtschaft, von der ich gehört habe, sind gefährliche Dinge, Cousine. Ich war selbst einmal eine Schönheit."

Es war eine der Lieblingstheorien von Cousine Sarah Ann, dass sie alles über Bellehood wusste , da sie selbst eine Belle war — obwohl niemand sonst jemals etwas über diesen speziellen Teil ihrer Karriere wusste.

„Nun, Cousine Sarah Ann, ich glaube nicht, dass ich mein Herz verloren habe, wie Sie es ausdrücken; aber bitte sagen Sie mir, warum Sie Mitleid mit mir haben sollten, wenn ich es getan hätte?"

Sudie verliebt hatte , aber in diesem Moment kam ihm der Gedanke, dass er sich in dieser Angelegenheit möglicherweise irren könnte, und da er völlig ehrlich war, wählte er die weniger positive Form der Verleugnung, die, wie wir gesehen haben, durch eine Frage ergänzt wird.

„Nun, aus mehreren Gründen", antwortete Cousine Sarah Ann: „Sie sagen, dass Charley Harrison vor Ihnen da ist, und das würde sowieso nie gehen. Sudie hat nicht viel, wissen Sie. Ihr Vater hat sie nicht verlassen." alles andere als ein paar hundert Dollar, und das alles hat sie schon vor langer Zeit für ihre Kleidung und ihre Ausbildung ausgegeben."

Mr. Robert Pagebrook wünschte seiner Cousine Sudie sicherlich nichts Böses , und doch war er von Herzen, wenn auch unlogisch, froh, als er erfuhr, dass diese junge Dame arm war. Das Gefühl überraschte ihn, aber er hatte in diesem Moment keine Zeit, es zu analysieren.

„Warum, Cousine Sarah Ann, halten Sie mich ganz sicher nicht für so söldnerisch, wie Ihre Bemerkung vermuten lässt?"

„Oh! Es reicht völlig aus, darüber zu sprechen, kein Söldner zu sein, aber ich kann Ihnen sagen, dass etwas Geld auf der einen oder anderen Seite sehr praktisch ist. Ich weiß aus Erfahrung, was es heißt, arm zu sein. Ich hätte vielleicht reich geheiratet, wenn ich" „Ich wollte es, aber ich hatte so hohe Vorstellungen wie du."

Pagebrooks Syntax genauso wenig verantwortlich bin wie für ihre Sünden.

„Aber, Cousine Sarah Ann", sagte Robert, „du würdest doch nicht wollen, dass jemand das Geld oder die Ländereien einer jungen Frau heiratet, oder?"

„Das ist nur deine romantische Art, es auszudrücken. Ich für meinen Teil verstehe nicht, warum du ein reiches Mädchen nicht genauso lieben kannst wie ein armes. Wenn du selbst viel Geld hättest, wäre das egal; aber wie Du solltest heiraten, damit du deinen Hut an den Nagel hängen kannst.

„Ich gestehe, ich verstehe Ihre Redewendung nicht ganz, Cousine Sarah Ann! Was meinst du damit, meinen Hut an den Nagel zu hängen?“

„Hast du das noch nie zuvor gehört? Es ist hier ein weit verbreitetes Sprichwort: Wenn ein Mann ein Mädchen mit einer guten Plantage und einem ‚toten Vater‘ heiratet, es also keinen Zweifel daran geben kann, dass das Land ihr gehört – dann sagen sie, dass er es ist.“ Ich habe nichts anderes zu tun, als hereinzukommen und seinen Hut aufzuhängen.

Diese Erklärung war zweifellos klar und deutlich, aber sie und das gesamte Gespräch waren für Robert äußerst unangenehm, da er altmodisch genug war, um zu glauben, dass die Ehe eine heilige Sache sei, was ihm als Mann mit gutem Geschmack jedoch nicht gefiel Hören Sie, wenn von heiligen Dingen leichtfertig gesprochen wird. Er war daher erleichtert, als Maj. Pagebrook eintrat, und nicht lange danach wurde er eingeladen, in das blaue Zimmer zu gehen, dessen Weg er ganz genau kannte, um sich vor dem Abendessen eine Weile auszuruhen.

Im blauen Zimmer fand er Ewing mit Kopfschmerzen auf einer Liege liegend. Der junge Mann war wahrscheinlich absichtlich dorthin gegangen, um sein Treffen mit Robert privat zu gestalten, denn er musste ihn, wie er sehr gut wusste, spätestens beim Abendessen treffen.

Robert setzte sich neben ihn und hielt seinen Kopf so zärtlich, wie es eine Frau nur tun konnte, und sagte sanft:

„Es tut mir sehr leid, dich leiden zu sehen, Ewing. Du musst nach dem Abendessen mit mir reiten, und die Luft wird deinen Kopf beruhigen, hoffe ich.“

Der Junge brach tatsächlich in Tränen aus, und als er sich bald von dem Anfall erholte, sagte er:

„Das habe ich nicht erwartet, Cousin Robert. Das sind die ersten freundlichen Worte, die ich heute gehört habe. Mutter hat mich den ganzen Morgen mit harten Schimpfnamen beschimpft.“

"Ihre *Mutter*!" rief Robert überrascht aus, denn er wäre nie auf die Idee gekommen, den Jungen zu einem solchen Thema zu befragen.

„Oh ja! Das tut sie immer. Wenn sie mir jemals Anerkennung zollen würde, wenn ich versuche, das Richtige zu tun, würde ich mir wohl mehr Mühe geben. Aber sie nennt mich einen Trunkenbold und Spieler, wann immer es auch nur die geringste Entschuldigung dafür gibt; und Wenn ich nichts falsch mache, sagt sie, ich bin schäbig und habe keinen Mut. Sie hat mir heute Morgen gesagt, dass sie mir nichts in ihrem Testament hinterlassen wollte, weil ich es verschwenden würde. Wissen Sie? Das ganze Eigentum von Papa ist jetzt auf ihren Namen. Schließlich wurde ich wütend und sagte ihr, ich wüsste, dass sie mich nicht davon abhalten könne, meinen Anteil zu bekommen, weil fast die Hälfte von allem hier Großvater Taylor gehörte und uns Kindern vermacht wird, wenn wir nach Hause kommen Alter. Sie wusste nicht, dass ich das wusste, und als ich es ihr sagte –"

„Komm, Ewing, rede nicht darüber. Du hast kein Recht, mir solche Dinge zu sagen. Wasche jetzt deinen Kopf und halte ihn hoch, wie es ein Mann tun sollte. Du bist für dich selbst verantwortlich, und es ist deine Pflicht, es zu tun." Machen Sie einen Mann aus sich – einen Mann, für den Sie sich nicht zu schämen brauchen. Wenn Sie denken, dass Sie für Ihre Bemühungen nicht die Anerkennung erhalten, die Sie verdienen, sollten Sie bedenken, dass die Dinge auf dieser Welt bisher nicht perfekt geregelt sind Zumindest so, wie wir sie verstehen können. Der Lohn der Männlichkeit ist die Männlichkeit selbst; und es lohnt sich auch, dafür zu leben, auch wenn niemand außer Ihnen selbst ihre Existenz erkennt. Davor brauchen Sie jedoch keine Angst zu haben. Die Menschen werden Sie kennen , früher oder später, genau so wie du bist.

Robert hatte der Jugend noch weitere ermutigende Dinge zu sagen und sagte schließlich:

„Nun, Ewing, ich werde Sie bitten, keine Versprechungen zu machen, zu deren Einhaltung Sie vielleicht nicht stark genug sind; aber wenn Sie mir versprechen würden, ernsthafte Anstrengungen zu unternehmen, Whisky und Karten in Ruhe zu lassen und einen Mann aus sich zu machen, der sich weigert Wenn du dich von anderen Leuten leiten lässt, werde ich mit deinem Vater reden und ihn dazu bringen, zuzustimmen, die Vergangenheit nie wieder zu erwähnen, sondern dir mit jeder Ermutigung in seiner Macht für die Zukunft beizustehen."

„Na, Cousin Robert, Papa sagt nie etwas zu mir. Wenn Mama schimpft , geht er einfach aus dem Haus und kommt erst wieder rein, wenn er dazu verpflichtet ist. Das ist überhaupt kein Papa, es ist Mama, und es nützt nichts, mit ihr zu reden. Ich werde bald volljährig sein, und dann habe ich vor, meinen Anteil am Nachlass meines Großvaters zu nehmen, ihn zu Geld zu machen und von hier wegzugehen."

Robert erkannte, dass es müßig wäre, derzeit bei dem jungen Mann Vorwürfe zu machen, und ebenso müßig wäre, sich in das von Cousine Sarah Ann praktizierte häusliche Regierungssystem einzumischen. Er widmete sich daher der Aufgabe, Ewing dazu zu bringen, seinen Kopf zu waschen; und nach einer Weile gingen die beiden zum Abendessen hinunter, wobei Ewing dachte, Robert sei der einzige echte Freund, den er für sich beanspruchen konnte.

Da ihm nach dem Abendessen die Kopfschmerzen schlimmer waren als zuvor, lehnte er Roberts Einladung ab, zu Shirley zu gehen, und unser Freund ritt allein zurück.

KAPITEL XIII.

Bezüglich der Bäche aus blauem Blut.

Mr. Robert war von ganzem Herzen froh, der unangenehmen Gegenwart seiner Cousine Sarah Ann entkommen zu können, und doch kann man nicht sagen, dass unser junger Herr fröhlicher Stimmung gewesen wäre, als er von The Oaks nach Shirley ritt. Ewings Fall hatte ihn deprimiert, und Cousine Sarah Ann hatte ihn noch mehr deprimiert. Sein Vertrauen in die weibliche Natur war erschüttert. Seine Vorstellungen zum Thema Frauen waren zum größten Teil weiterentwickelt worden – *a priori* von seiner Mutter als Prämisse abgeleitet . Er hatte die ganze Zeit gewusst, dass nicht jede Frau seiner Mutter ebenbürtig war, wenn es überhaupt eine Frau gab; Er hatte beobachtet, dass manchmal Eitelkeit und Schwäche und in einem Fall, wie wir wissen, Treulosigkeit in die Zusammensetzung von Frauen eingingen, aber er hatte sich nie eine solche Verbindung von „Neid, Hass und Bosheit und aller Lieblosigkeit " vorgestellt wie seine Cousine Sarah Ann war es auf jeden Fall; und als er das Zitat im Geiste anwendete, war er gezwungen, auch die Bitte zu äußern, die es in der Litanei begleitet: „Guter Gott, errette uns!" Diese Frau war ihm ein Rätsel. Sie schockierte ihn nicht nur, sie verwirrte ihn auch. Wie jemand zustimmen konnte, genau so ein Mensch zu sein wie sie, war völlig unverständlich. Ihre Abweichungen von der rechten Linie der wahren Weiblichkeit waren so völlig zwecklos, dass er sie auf keinen logischen Ausgangspunkt zurückführen konnte. Er konnte sich keine mögliche Ausbildung oder Erfahrung vorstellen, die zu einem solchen Charakter wie ihrem führen sollte.

Die Bäche des blauen Blutes.

Nachdem er eine halbe Stunde lang über dieses menschliche Problem nachgedacht hatte, gab er es auf und begann sofort mit der Arbeit an einem anderen. Er fragte sich, wie es möglich sein konnte, dass Cousine Sudie sich zu Dr. Charley Harrison hingezogen fühlte. Möglicherweise hatte der Leser einmal Gelegenheit, sich mit einem ähnlichen Problem zu befassen, und wenn ja, brauche ich ihm nicht zu sagen, wie ungeeignet es sich als Lösung erwies. Davon war Robert nun überzeugt, und die Tatsache ärgerte ihn. Es ärgerte ihn auch, dass er sich die Tatsache nicht erklären konnte; Und dann ärgerte es ihn noch mehr, zu wissen, dass er sich in diesem Fall überhaupt ärgern konnte, denn er war sich völlig sicher – oder fast sicher –, dass er selbst nicht in seine kleine Freundin in Shirley verliebt war. Und doch verspürte er ein seltsames Verlangen, auf irgendeine Weise mit dem jungen Harrison zu kämpfen und ihn zu erobern. Er wollte den Mann in irgendetwas schlagen, egal was, und über ihn triumphieren. Aber er erlaubte sich nicht einmal gedanklich, dieses Gefühl zu formulieren. Wenn er es getan hätte, hätte er die Ungerechtigkeit entdeckt und es als unwürdig verworfen. Sein Instinkt warnte ihn davor, und so weigerte er sich, seinen Wunsch in die Tat umzusetzen, aus Furcht, er würde dadurch die Gelegenheit verlieren, ihn zu verwirklichen.

Mit Gedanken wie diesen ritt der junge Mann nach Hause, und natürlich war er nicht in bester Laune, als er sich im Wohnzimmer von Shirley niederließ.

Das Gespräch drehte sich auf unergründliche Weise um Cousine Sarah Ann, und Robert vergaß sich selbst so sehr, dass er seine Freude über den Gedanken zum Ausdruck brachte, dass diese Dame in keiner Weise mit ihm verwandt war.

„Aber sie ist mit dir verwandt , Robert", sagte Tante Catherine.

„Wie kann das sein, Tante Catherine?" fragte der junge Herr.

„Zeig ihm die Schlüssel, Tante Catherine, zeig ihm die Schlüssel", sagte Billy, der an diesem Tag vom Gericht zurückgekehrt war. „Komm, Sudie , wo ist dein Korb? Ich möchte sehen, ob Tante Catherine Bobs Kopf nicht so sehr durcheinander bringen kann wie manchmal meinen. Hier sind die Schlüssel. Erkläre es ihm, Tante Catherine, und ob er es weiß, wenn du kommst Ganz gleich, ob er der Neffe seines Urgroßvaters oder der Sohn seines Onkels ist, sobald er entfernt wurde, ich werde seinen Schädel sofort für Seidenpapier kaufen. Ein Schädel, der eine Schlüsselkorb-Genealogie durchlässt und nicht dick genug ist, um darauf Haare wachsen zu lassen. "

Sudies Korb auf dem Boden in Form einer komplizierten Stammbaumtabelle anzuordnen . „Nun, mein Kind", sagte sie und zeigte auf den großen Schlüssel oben, „der Räuchereischlüssel ist deine Ururgroßmutter , die eine Pembroke war. Die Pembrokes galten immer als –"

„Wird immer als Räuchereischlüssel betrachtet – denk dran, Bob."

„Wirst du still bleiben, William? Die Pembrokes galten immer als eine ausgezeichnete Familie. Jetzt heiratete deine Ururgroßmutter , Matilda Pembroke, John Pemberton und hatte, wie du siehst, zwei Söhne und eine Tochter. Der älteste Sohn, Charles, hatte sechs Töchter, und seine dritte Tochter heiratete deinen Großvater Pagebrook , also war sie deine Großmutter – der Schlüssel zum Lagerraum, wissen Sie –"

„Sehen Sie, Bob, was es heißt, gut vernetzt zu sein", sagte Billy; „Deine eigene liebe Großmutter war ein Lagerraumschlüssel."

„Still, Billy, du verwirrst Robert."

„Ah! Tue ich das? Ich wollte nur, dass er sich daran erinnert, wer seine Großmutter war."

„Nun", sagte die alte Dame, „Matilda Pembertons Tochter, Ihre Urgroßtante, hat einen Mann ohne Familie geheiratet – einen Zimmermann oder so – den Maishausschlüssel dort."

„Da ist es, Bob. Bist du nicht froh, dass du von einem respektablen Räuchereischlüssel zu einem aristokratischen Lagerraumschlüssel gekommen bist, anstatt einen plebejischen Maishausschlüssel im Weg zu haben? Es gibt nichts Besseres als blaues Blut." , sage ich dir, und unsere ist so blau wie eine indigoblaue Tüte; nicht wahr, Tante Catherine?"

„Wirst du nie lernen, Billy, dich nicht über deine Vorfahren lustig zu machen? Ich habe dir hundertmal erklärt, wie viel in der Familie steckt. Jetzt unterbrich mich nicht noch einmal. Lass mich sehen, wo war ich? O ja! Ihre Urgroßtante hat einen Zimmermann geheiratet, und seine Tochter Sarah war Ihre Cousine zweiten Grades, wenn Sie entfernt zählen, und Cousine vierten Grades, wenn Sie das nicht tun. Jetzt war Sarah, wie Sie sehen, die Großmutter Ihrer Cousine Sarah Ann; also ist Sarah Ann Ihre Cousine dritten Grades, wenn Du zählst die Entfernungen und deinen Cousin sechsten Grades, wenn du das nicht tust. Verstehst du es jetzt?"

„ Natürlich tut er das", sagte Billy; „Aber ich muss die Familie jetzt auflösen, da ich sehe, dass Polidore auf den Urgroßvater der Madam wartet, nämlich auf den Maishausschlüssel. Komm Bob, lass uns in den Stall gehen und die Pferde füttern sehen."

KAPITEL XIV.

Mr. Pagebrook schafft es, beim Todesfall dabei zu sein.

Nicht viele Tage nach Roberts ungemütlichem Abendessen im The Oaks kam ein Diener mit der Nachricht von Major Pagebrook vorbei , dass für den nächsten Morgen eine große Fuchsjagd angesetzt sei. Foggy und Dr. Harrison hatten ihn ins Leben gerufen, aber die Jagdhunde von Major Pagebrook und mehreren anderen Gentlemen liefen, und Ewing lud seine Cousins Robert und Billy ein, an dem Sport teilzunehmen. Dementsprechend frühstückten unsere beiden jungen Herren früh und ritten zu dem Teil der Oaks-Plantage, der als „Pine Quarter" bekannt ist, wo immer die erste Fuchsjagd der Saison begann. Sie kamen keinen Moment zu früh an und stellten fest, dass die Hunde sich gerade losmachten und die Reiter hinter ihnen hergaloppierten. Die ersten fünf Meilen des Geländes waren vergleichsweise offen, eine Tatsache, die dem Fuchs einen guten Start bescherte und versprach, die Jagd lang und schnell zu gestalten.

Robert Pagebrook hatte noch nie eine Fuchsjagd gesehen, und sein einziges Wissen über diesen Sport war das, was er aus Beschreibungen gewonnen hatte, aber er saß auf einem perfekten Pferd, so unerfahren wie er selbst; er war von Natur aus sehr furchtlos; Er war äußerst aufgeregt und hatte die Angewohnheit, bei jeder Gelegenheit das zu tun, was er für das Richtige hielt. Aus Büchern hatte er den Eindruck gewonnen, dass das Richtige bei der Fuchsjagd darin bestand, so schnell wie möglich direkt hinter den Hunden herzureiten, und er tat dies ohne Rücksicht auf die Konsequenzen. Er galoppierte direkt durch Kiefernbüschel, „so dick", sagte Billy, „wie die Haare auf Absaloms Kopf", während andere um sie herum ritten. Er stürzte sich durch die „Tiefebenen" des Baches, ohne an mögliche Moore oder Treibsand zu denken . Er wusste, dass Fuchsjäger ihre Pferde über Zäune springen ließen, aber er wusste nichts von ihrer Praxis, zuerst die oberen Gitter abzuschlagen, und dementsprechend ritt er direkt an jedem Zaun vorbei, der ihm zufällig im Weg stand, und zwang sein Pferd dazu Erledige sie alle mit einem fliegenden Sprung.

Er ging immer weiter, direkt hinter den Hunden her, sein Puls raste hoch und sein Gehirn wirbelte vor Aufregung. Die umsichtigeren Jäger der Gruppe wären weit zurückgeblieben, wenn sie nicht den Vorteil gehabt hätten, das Land zu kennen und daher in der Lage zu sein, die Wendungen des Fuchses vorherzusehen und durch das Befolgen von Abkürzungen Distanz zu sparen und Schwierigkeiten zu vermeiden. Robert ritt immer direkt hinter den Hunden her.

„Dein Cousin ist verrückt", sagte ein Herr zu Billy; „Aber was für ein großartiger Reiter er ist."

„Warum hältst du deinen Cousin nicht auf?" fragte ein anderer: „Er wird sich mit Sicherheit umbringen, wenn Sie es nicht tun."

„ O das werde ich!" antwortete Billy, „und ich werde mit all den Blitzen, die ich zufällig überhole, Einspruch erheben. Ich werde sicher eine ganze Menge davon einfangen, bevor ich auf ihn komme."

Der Fuchs „doppelte" jetzt nur sehr wenig, und es wurde klar, dass er auf den Appomattox River zusteuerte, aber ob er ihn überqueren oder umdrehen und zurücklaufen würde, war ungewiss. Billy hoffte ernsthaft, dass er das Doppelte verdoppeln würde, denn das könnte ihm ermöglichen, Robert zu sehen und seinen verrückten Ritt zu stoppen, falls es diesem Herrn tatsächlich gelingen sollte, den Fluss mit unversehrtem Genick zu erreichen.

Sie zogen immer weiter, Füchse rannten um ihr Leben, Hunde in perfekter Verfassung und mit vollem Geschrei, und jeder Reiter war darauf bedacht, möglichst „den Schwanz zu ergreifen". Robert blieb allen anderen voraus, sprang über jeden Zaun, über den er sein Pferd zwingen konnte, und zwang das Tier, diejenigen niederzuwerfen, über die er nicht springen konnte. Sein Pferd stolperte einmal an einem Graben und stürzte, erholte sich aber, während sein Reiter immer noch aufrecht im Sattel saß, bevor irgendjemand Zeit hatte, sich zu fragen, ob sein Genick gebrochen war oder nicht. Billy sah nun eine neue Gefahr vor seinem Cousin. Sie näherten sich dem Fluss, und der Fuchs, ein alter roter Fuchs, der sein Geschäft verstand, rannte offenbar zu einer Übergangsstelle, wo es reichlich Schlamm und Treibsand gab. Davon wusste Robert nichts, und nach seinen bisherigen Leistungen gab es keinen Grund zu der Hoffnung, dass ihn eine späte Vorsicht jetzt retten würde. Direkt vor uns lag ein Dickicht junger Eichen, und die Hunde, die hindurchgingen, folgten Robert ganz selbstverständlich. Billy erkannte hier seine Chance, und er gab seinem Pferd die Sporen und ritt in vollem Tempo um das Ende des Dickichts herum, in der Hoffnung, noch rechtzeitig die andere Seite zu erreichen, um seinen Vetter abzufangen, um dessentwillen er jetzt wirklich beunruhigt war. Als er jedoch am Ende des Dickichts vorbeiging, kam er an zwei Herren vorbei, die er durch die Büsche nicht sehen konnte, deren Stimmen er aber sehr gut kannte. Es waren niemand anderes als Mr. Foggy Raves und Dr. Charles Harrison, und Billy hörte, was sie sagten.

„Du *musst* den Schwanz nehmen, Charley, und nicht zulassen, dass dieser Stadtsnob ihn erwischt. Der Narr reitet wie der Tod auf dem blassen Pferd und scheint nicht zu wissen, dass es jemals einen Zaun gab, der zu hoch war, um darüber zu springen. Er würde es versuchen Erobere den Blue Ridge mit einem fliegenden Sprung, wenn er ihm in die Quere kommt. Ich würde lieber ein Dutzend Pferde töten, als ihn uns schlagen zu lassen. Er hat seinen Finger in unser kleines Spiel mit diesem Saftkopf Ewing gesteckt, und – –"

„Aber mein Pferd ist jetzt am Boden, Foggy."

„Na dann nimm meins. Er ist frisch. Ich habe ihn letzte Nacht hergeschickt, um mich hier zu treffen, und habe mich gerade erst umgezogen. Ich habe mir das Knie verletzt und kann nicht reiten. Nimm mein Pferd und reite es in den Tod, aber was soll's? du hast das geschlagen——"

Das war alles, was Billy zu hören hatte, aber es reichte aus, um seine gesamte Absicht zu ändern. Er dachte nicht mehr an Roberts Hals, sondern eilte weiter, nur um seinen Cousin zu neuer Anstrengung anzuspornen. Er erreichte den Rand des Dickichts, als Robert barhäuptig herauskam, nachdem er seinen Hut im Unterholz verloren hatte. Auch sein Gesicht blutete von den Kratzern und Prellungen, die er sich beim Kampf durch das Eichendickicht zugezogen hatte. Der Fluss lag direkt vor ihm, aber der Fuchs bog nach rechts ab, statt ihn zu überqueren.

„Komm, Bob", sagte Billy, „du musst heute den Schwanz nehmen oder stirb. Foggy und Charley Harrison haben ein Spiel mit dir geplant, und Charley hat ein frisches Pferd, das er sich absichtlich von Foggy ausgeliehen hat." Schlage dich. Aber dieser Doppelschlag verschafft dir einen Vorsprung von einem Viertel vor ihm. Lass dein Pferd nicht bergauf *laufen* , sonst wirst du es umhauen, und schrecke vor solchen Dickichten zurück. Du kannst schneller herumreiten, als du durchqueren kannst . *Brich dir nicht* den Hals, sondern nimm dir trotzdem den Schwanz."

Die letzten Worte schrie er förmlich Robert zu, der bereits hundert Meter vor ihm war und sich jede Sekunde weiter entfernte.

Die Wirkung seiner Worte auf seinen Cousin war nicht genau das, was man hätte erwarten können. Zuvor war Robert sehr aufgeregt gewesen und hatte es genossen, aber seine Aufregung war das Ergebnis seiner Hochstimmung und seiner großen Begeisterung für den Sport, dem er nachging. Er hatte alle durch die völlige Rücksichtslosigkeit seines Reitens in Erstaunen versetzt, aber er hatte ihr Erstaunen überhaupt nicht geteilt oder gewusst, dass sein Reiten rücksichtslos war. Er war hart geritten, einfach weil er es für das Richtige hielt und weil es ihm Spaß machte. Er ritt nun auf den Sieg zu. Seine Züge verloren den Ausdruck wilder Freude, den sie getragen hatten, und verwandelten sich in einen festen, harten Ausdruck hartnäckiger Entschlossenheit. Hier hatte er die Gelegenheit, mit dem jungen Harrison zu kämpfen; und aus Billys Verhalten und nicht aus seinen Worten wusste er, dass es sich bei dem Wettbewerb nicht um eine großzügige Rivalität seitens Harrisons handelte. Er spürte, dass hinter Billys Worten ein verächtliches Grinsen steckte, und dieser Gedanke ärgerte ihn zutiefst. Aber er verlor vor

Aufregung nicht den Kopf. Im Gegenteil, er verspürte jetzt das Bedürfnis nach Sorgfalt und Kühle, und dementsprechend bemühte er sich sofort, sowohl kühl als auch vorsichtig zu werden. Er wusste, dass Harrison einen Vorteil darin hatte, das Land zu kennen, und beschloss, diesen Vorteil zu teilen. Zu diesem Zweck brachte er sein Pferd in einen leichten Galopp und wartete darauf, dass Harrison herankam. Anschließend behielt er seinen Rivalen ständig im Auge und nutzte ihn als Führer. Als Harrison einem Dickicht aus dem Weg ging, mied er es auch. Wenn Harrison die Spur der Hunde verließ, um einen Winkel abzuschneiden, blieb Robert an seiner Seite. Dies erzürnte Harrison, der zuversichtlich damit gerechnet hatte, in diesen Angelegenheiten einen Vorteil zu haben, und unter dem Einfluss seiner Wut gab er seinem Pferd unnötigerweise die Sporen und nahm ihm bald einen Großteil seiner Frische.

Die beiden fuhren kilometerweit fast Seite an Seite. Der Fuchs zeigte allmählich seine Müdigkeit und es war klar, dass die Jagd bald ein Ende haben würde. Beide Spitzenfahrer haben dies erkannt und beide haben ihr Bestes gegeben, um zu gewinnen. Direkt vor ihnen lag ein sehr dichtes Dickicht, durch das ein schmaler Reitweg verlief, der kaum breit genug für ein Pferd war, wie Robert wusste, denn das Dickicht lag auf der Shirley-Plantage, und der Fuchs war fast sofort über seine eigene Spur zurückgelaufen. Es war jetzt klar, dass „der Fang" auf dem Feld direkt hinter diesem Dickicht stattfinden würde, und es war ebenso klar, dass derjenige, der sein Pferd zuerst hineinsetzen konnte, es tun würde, da die beiden unmöglich nebeneinander auf dem Reitweg reiten konnten mit ziemlicher Sicherheit der Erste sein, der den Tod erleidet. Sie ritten wie Verrückte, aber Roberts Pferd war sehr erschöpft und Harrison schoss eine Länge vor ihm auf den Weg. Robert hatte jetzt kaum noch eine Chance, da es für ihn ohnehin unmöglich war, an seinem Rivalen im Dickicht vorbeizukommen, und er konnte sehen, dass die Hunde den Fuchs bereits auf dem Feld gefangen hatten, weniger als eine Rute hinter dem Rand.

„Jetzt habe ich dich, schätze ich", schrie Harrison rückblickend, doch in diesem Moment stolperte sein Pferd und stürzte. Robert konnte sein eigenes Pferd genauso wenig aufhalten, wie er einen Hurrikan hätte aufhalten können, und das Tier stürzte schwer über Harrison und schleuderte Robert etwa drei Meter weiter und fast zwischen die Hunde. Als er aufstand, rannte er zwischen die brüllenden Hunde, fing den Fuchs in seiner Hand und hielt ihn vor den Augen der anderen Herren hoch, die nun aus verschiedenen Richtungen auf das Feld ritten und so laut wie möglich jubelten.

Kapitel XV.

Einiges sehr unvernünftiges Verhalten.

Ganz natürlich war Robert begeistert, als er barhäuptig dastand und die Glückwünsche seiner Begleiter entgegennahm, die nun herbeigekommen waren und sich um ihn versammelt hatten. Am lautesten unter ihnen war Foggy, der von seinem Pferd sprang und rief:

„Bei Gott, Mr. Pagebrook , ich muss Ihnen die Hand schütteln. Ich habe noch nie in meinem Leben ein schöneres Reiten gesehen, und ich habe in meiner Zeit auch einiges gutes Reiten gesehen. Aber wo ist Ihr Pferd? Haben Sie es freigelassen, als Sie abgesprungen sind? ?"

Dies diente dazu, Robert an das Tier und auch an Harrison zu erinnern, und als er hastig ins Dickicht ging, fand er den Doktor dabei, wie er seinen Gurt reparierte, der beim Sturz gebrochen war. Der Doktor wurde nicht verletzt, auch sein Pferd war in keiner Weise verletzt, aber der schwarze Hengst, der Robert so galant getragen hatte, lag tot auf dem Boden. Eine Untersuchung ergab, dass er sich bei dem Sturz das Genick gebrochen hatte.

Unser junger Freund musste nicht weit laufen, um Shirley zu erreichen, aber beim Gehen überkam ihn eine Müdigkeit, die er vorher nicht gespürt hatte. Sein Kopf schmerzte furchtbar, und als die Aufregung nachließ, folgte eine Taubheit der Verzweiflung, wie er sie noch nie zuvor gekannt hatte. Er hatte sich geweigert, mit Billy zu „reiten und zu binden", da er es für eine kleine Aufgabe hielt, über einen Waldweg zum Haus zu laufen, während Billy der Hauptstraße folgte. Mit seinem ersten Gefühl der Verzweiflung ging eine bittere Demütigung über den Gedanken einher, dass er zugelassen hatte, dass eine so kleine Sache wie eine Fuchsjagd ihn so erregte. Die Anstrengung war gut genug gewesen, aber er hatte das Gefühl, dass das Ziel, das er in der zweiten Hälfte der Verfolgungsjagd im Blick hatte, nämlich die Niederlage des jungen Harrison, seiner völlig unwürdig war, und die Farbe stieg ihm in die Wangen, als er daran dachte Energie, die er für ein so kleines Unterfangen verschwendet hatte. Dann erinnerte er sich an das tapfere Tier, das im blinden Kampf um den bloßen Sieg geopfert worden war, und er konnte die Tränen kaum zurückhalten, als ihm mit voller Kraft der Gedanke kam, dass die Nasenflügel, die vor so kurzer Zeit vor Aufregung gezittert hatten, die Luft schnüffeln würden nicht mehr für immer. Er fühlte sich schuldig, fast des Mordes, und freute sich wahnsinnig darüber, dass der Tod des Pferdes einen finanziellen Verlust für ihn mit sich bringen würde, der in gewisser Weise das dem edlen Tier angetane Unrecht rächen würde.

Die Taubheit und Müdigkeit bedrückten ihn, so dass er sich an die Wurzel eines Baumes setzte und dort in einem Zustand halber Bewusstlosigkeit verharrte, bis Billy aus dem Haus kam, um nach ihm zu suchen. Im Haus angekommen, ging er sofort zu Bett und bekam Fieber, das ihn fast eine Woche lang niederschlug. Während dieser Zeit durfte er nicht viel reden; Tatsächlich war er überhaupt nicht geneigt, mit Cousine Sudie zu reden , die je nach Bedarf leise im Zimmer ein- und ausging und sich häufig an sein Bett setzte, nachdem Billy und Col. Barksdale das Haus wieder verlassen hatten, um anwesend zu sein Gericht in einem anderen der angrenzenden Bezirke, was sie auch taten, sobald Roberts Arzt ihn außer Gefahr erklärte. Zunächst war Cousine Sudie geneigt, die Anordnung des Arztes hinsichtlich des Schweigens durchzusetzen; Aber als schlagfertiges Mädchen entdeckte sie bald, dass ihr *Reden* den Patienten beruhigte und beruhigte, und so sprach sie mit sanfter, ruhiger Stimme zu ihm und sicherte durch Missachtung der Anordnung des Arztes genau das Ergebnis, das die Anordnung war zur Sicherung gedacht. Sobald das Fieber nachgelassen hatte, erholte sich Robert sehr schnell, aber er machte sich große Sorgen um das immer noch unbezahlte Pferd.

Jetzt wusste er ganz genau, dass Cousine Sudie kein Geld zur Verfügung hatte, und er hätte wissen müssen, dass es eine sehr unvernünftige Vorgehensweise seinerseits war, sie in dieser Angelegenheit zu konsultieren. Aber die Liebe lacht sowohl über die Logik als auch über Schlosser, und so kam unser logischer junger Mann völlig unlogisch zu dem Schluss, dass es das Beste sei, sich in den Räumlichkeiten zu beraten, Cousine Sudie zu konsultieren .

„Ich stecke in Schwierigkeiten, Cousine Sudie ", sagte er, als er eines Abends mit ihr im Wohnzimmer saß, „wegen diesem Pferd. Ich weiß, dass Mr. Winger ein armer Mann ist, und ich sollte ihn sofort bezahlen, aber das Die Wahrheit ist, dass ich kaum Geld bei mir habe und es keine Bank in der Nähe von Richmond gibt, bei der ich einen Wechsel einlösen lassen kann.

„Du hast also irgendwo genug Geld?" fragte Cousine Sudie .

„Oh ja! Ich habe Geld auf der Bank in Philadelphia, aber Winger hat mir bereits eine Nachricht mit der Bitte um sofortige Zahlung geschickt und mir mitgeteilt, dass er dringend Geld braucht; und ich möchte ihn unter diesen Umständen auch nur für eine Woche um Nachsicht bitten ."

„Warum kannst du Cousin Edwin nicht dazu bringen, einen Scheck für dich einzulösen?" fragte die geschäftsmäßige kleine Frau; „Er hat immer Geld und wird es gerne tun, das weiß ich."

„Das ist mir nicht in den Sinn gekommen, aber es ist ein guter Vorschlag. Wenn Sie mir Ihren Schreibtisch leihen, werde ich schreiben und –"

„Ah, da kommen jetzt Cousin Edwin und Ewing, um Sie zu sehen", sagte Miss Sudie , als sie ihre Stimmen auf der Veranda hörte.

Die Besucher kamen in den Salon, und nach einer Weile zog sich Sudie zurück, da sie sich auf eine Haushaltsangelegenheit konzentrierte. Ewing folgte ihr. Robert äußerte offen seinen Wunsch, Winger umgehend zu bezahlen, und fragte:

„Können Sie für mich meinen Scheck über Philadelphia über dreihundert Dollar einlösen, Cousin Edwin? Denken Sie bitte nicht daran, es zu tun, wenn es nicht ganz bequem ist."

„Oh, es ist überhaupt nicht unbequem", sagte Major Pagebrook . „Ich habe mehr Geld zu Hause, als ich dort aufbewahren möchte, und ich kann Ihnen den Betrag überlassen und Ihren Scheck an die Bank in Richmond schicken und ihn mir gutschreiben lassen, ganz genauso gut wie nicht. Eigentlich würde ich es lieber tun . " es als nicht, da es Ausdruck auf Geld spart.

Dementsprechend stellte Robert bei seinen Bankiers in Philadelphia einen Scheck über dreihundert Dollar aus und machte ihn an Major Pagebrook zahlbar , und dieser Herr verpflichtete sich, den Betrag noch am selben Abend an Winger zu zahlen. Kurz nachdem diese geschäftliche Angelegenheit geklärt war, kehrten Ewing und Miss Sudie in den Salon zurück und die Anrufer verabschiedeten sich.

Robert und Sudie saßen eine Zeit lang schweigend da und beobachteten das Flackern des Feuers, denn die Tage waren jetzt kühl und Feuer waren notwendig, um es drinnen gemütlich zu machen. Wie lange ihr Schweigen ohne eine Unterbrechung hätte anhalten können, weiß ich nicht; Aber es kam zu einer Unterbrechung, als der Forststock zerbrach , der in zwei Teile verbrannt war. Eine unterbrochene Träumerei kann manchmal wieder aufgenommen werden, ein Paar unterbrochener Träumereien jedoch niemals. Wäre Herr Robert allein gewesen, hätte er das Feuer neu arrangiert und sich dann wieder seinen Gedanken hingegeben. So wie es war, ordnete er das Feuer neu und begann dann, mit Miss Sudie zu sprechen .

„Ich bin froh, dieses Geschäft aus meinen Händen zu nehmen. Es hat mir Sorgen gemacht", sagte er.

„Das bin ich auch", sagte sein Begleiter, „wirklich sehr froh."

In ihrem Tonfall muss etwas gewesen sein, da in ihren Worten mit Sicherheit nichts war, was Mr. Pagebrook zu der Annahme verleiten ließ, dass hinter der Bemerkung dieser jungen Dame eine unausgesprochene Bedeutung steckte. Deshalb befragte er sie.

„Warum, Cousine Sudie ? Hat es dich auch beunruhigt?"

„Nein; aber das hätte es getan, schätze ich."

„Ich verstehe dich nicht. Du hast bestimmt nie daran gezweifelt, dass ich für das Pferd bezahlen würde, oder?“

„Nein, in der Tat, aber –“

„Was ist los, Cousine Sudie ? Sag mir, was du denkst. Ich werde mich verletzt fühlen, wenn du es nicht tust.“

„Ich sollte es Ihnen nicht sagen, aber ich muss es jetzt, sonst werden Sie sich unangenehme Dinge einbilden. Ich weiß, warum Mr. Winger Ihnen diese Notiz geschrieben hat.“

„Weißt du warum? Gab es also außer seinem Geldbedarf noch einen anderen Grund?“

„Er wurde überhaupt nicht auf das Geld gedrängt. Das war nicht der Grund.“

„Du überraschst mich, Cousine Sudie . Bitte sag mir, was du weißt und wie.“

„Nun, versprich mir zuerst, dass du dir deswegen keinen Ärger einhandeln wirst – nein, ich habe kein Recht, ein blindes Versprechen zu verlangen –, aber geh nicht in Schwierigkeiten. Dieser abscheuliche Mann, Foggy Raves, hat Mr. Winger ist wegen des Geldes unruhig. Er sagte ihm, dass du „in Not“ seist und nicht bezahlen könntest, wenn du wolltest; und ich bin froh, dass du ihn bezahlt hast, und ich bin froh, dass du Charley Harrison bei der Fuchsjagd geschlagen hast. zu."

Mit dieser völlig inkonsequenten Schlussfolgerung begann Cousine Sudie heftig auf ihrem Stuhl zu schaukeln.

„Woher weißt du das alles, Cousine Sudie ?“ fragte Robert.

„Ewing hat es mir heute Abend erzählt. Mir wäre es lieber gewesen, wenn du ein Dutzend Pferde getötet hättest, als dass Charley Harrison dich geschlagen hätte.“

„Warum, Cousine Sudie ?“

„Oh, er steckt hinter all dem. Das ist er immer. Foggy ist sein Sprachrohr. Und dann sagte er zu Tante Catherine, an dem Tag, als du in The Oaks warst, dass er etwas Spaß haben wollte, als er dich in eine brachte Fuchsjagd auf Wingers Hengstfohlen.' Er sagte, du würdest herausfinden, wie viel dein hübscher Stadtreitschulstil wert ist, wenn du auf ein Pferd steigst, vor dem du Angst hast. Ich bin *so* froh, dass du ihn geschlagen hast!“

MISS SUDIE ERKLÄRT SICH „SO GLÜCKLICH."

Nun scheint es, als ob Cousine Sudies Jubel von einzigartiger Art gewesen sein muss, denn sie brach ganz unvernünftigerweise in Tränen aus, als sie gerade dabei war, sich zu freuen.

Mr. Robert Pagebrook war die Aufgabe, eine weinende Frau zu beruhigen, überhaupt nicht vertraut. Es war seine Gewohnheit, unter allen Umständen das Richtige zu tun, aber was das Richtige für einen Mann war, einer Frau in Tränen ohne ersichtlichen Grund zu tun oder zu sagen, hatte Mr. Robert Pagebrook nicht die leiseste Ahnung, und so ging er völlig unvernünftig dazu über, ihre Hand zu nehmen und ihr zu sagen, dass er sie liebte, eine Tatsache, die er selbst gerade zum ersten Mal entdeckte.

Bevor er der unverblümten Aussage ein Wort hinzufügen konnte, steckte Dick seinen schwarzen Kopf in die Tür und verkündete: „Das Abendessen ist fertig, Miss Sudie ."

Kapitel XVI.

Was geschah am nächsten Morgen?

Der Leser denkt zweifellos, dass Master Dicks Auftritt genau zu dem im letzten Kapitel angegebenen Zeitpunkt ein unglückliches Ereignis war, und ich nehme an, dass Mr. Pagebrook in diesem Moment einer ähnlichen Meinung war. Aber reifere Überlegungen überzeugten ihn davon, dass die Unterbrechung eine besonders günstige Gelegenheit war. Er war ein gewissenhafter junger Mann und in Ehrenfragen besonders gewissenhaft; Hätte man ihm also gestattet, das so unabsichtlich begonnene Gespräch zu Ende zu führen, ohne Gelegenheit gehabt zu haben, über die zu sagenden Dinge nachzudenken, hätte er höchstwahrscheinlich unter den Folgen seines Gewissens gelitten. Es gab Umstände, die einige Erklärungen seinerseits erforderlich machten, und er wusste ganz genau, dass diese Erklärungen nicht ordnungsgemäß abgegeben worden wären, wenn Master Dicks Unterbrechung nicht gekommen wäre, um ihm Zeit zum Nachdenken zu geben.

Das alles dachte er, während er seinen Tee trank; denn als das Abendessen angekündigt war, gingen sowohl er als auch Miss Sudie ins Esszimmer, als ob ihre Unterhaltung im Wohnzimmer nichts Ungewöhnliches gewesen wäre. Dies taten sie, weil sie Gewohnheitstiere waren, wie Sie und ich und der Rest der Menschheit. Sie hatten die Angewohnheit, zum Abendessen zu gehen, wenn es fertig war, und es kam ihnen nie in den Sinn, sich bei dieser besonderen Gelegenheit anders zu verhalten. Fräulein Sudie rannte zwar für einen Moment in ihr Zimmer – vermutlich um sich die Haare zu bürsten –, bevor sie das Esszimmer betrat, aber ansonsten verhielten sie sich beide ganz wie immer, außer dass Robert fast das Ganze ansprach von seinem Gespräch während des Essens mit seiner Tante Mary und Tante Catherine, während Miss Sudie , die dort hinter dem Teetablett saß, überhaupt nichts sagte. Nach dem Tee saßen die älteren Damen mit Robert und Sudie im Wohnzimmer, bis die für den genesenden jungen Herrn vorgeschriebene frühe Schlafenszeit kam.

So kam es, dass es bis zum Vormittag des nächsten Tages keine Gelegenheit gab, das von Dick unterbrochene interessante Gespräch wieder aufzunehmen. Es scheint, dass Miss Sudie es für notwendig hielt, in den Garten zu gehen, um einige der letzten Gartenbauarbeiten zu inspizieren, und Mr. Robert folgte ihr ganz zufällig. Sie diskutierten eine Zeit lang mit Onkel Joe, dem Gärtner, und gingen dann zu einem Sommerhaus, wo es angenehm war, im sanften Novembersonnenlicht zu sitzen.

Das anschließende Gespräch war natürlich interessant. Hören wir es uns an.

„Die Reben sind alle durch den Frost abgetötet", sagte Cousine Sudie .

„Ja, hier gibt es früher Frost, als ich dachte", sagte Robert.

„ Oh, wir rechnen immer mit Frost um den 10. Oktober; zumindest fühlen sich die Herren nie sicher, wenn ihr Tabak bis dahin nicht geerntet ist. Dieses Jahr kam der Frost für uns zu spät, aber die Nächte werden jetzt sehr kühl, und nicht wahr?"

„Ja, ich fand Decken schon vor dem 10. Oktober sehr bequem."

„Dann ist es ein Glück, dass du nicht bei Tante Polly Barksdale wohnst."

„Warum? Und wer ist deine Tante Polly?"

„Tante Polly? Warum ist sie die Witwe von Onkel Charles? Sie ist das Vorbild für die ganze Verbindung; und ich habe sie mir als Muster vor Augen gehalten, seit ich mich erinnern kann, aber ich habe sie bis vor etwa einem Jahr nie gesehen. als sie kam und ein oder zwei Wochen bei uns blieb; und unter uns gesagt, ich glaube, sie ist die unangenehmste gute Person, die ich je gesehen habe. Sie ist gut, aber irgendwie macht sie mich böse, und ich glaube nicht, dass ich von Natur aus böse bin . Während sie da war, habe ich kein einziges Mal in der Bibel gelesen, und ich liebe es, sie zu lesen. Ich nehme an, dass ich sie gerne bei mir im Himmel haben würde, wenn ich dort ankomme, denn dort werde ich nichts für sie haben Helfen Sie mir, aber hier geht es mir besser mittendrin .

„Ich verstehe Ihr Gefühl durchaus; aber Sie haben mir nicht gesagt, warum ich glücklich bin, sie in diesen kalten Nächten nicht als meine Gastgeberin zu haben."

„Oh, du würdest dich jetzt, wo der Tabak gekürzt wird, ganz bequem fühlen; aber als Cousin Billy vor vielen Jahren bei ihr wohnte, klagte er immer darüber, dass ihm kalt sei – er war noch ein Junge – und bat sie um Decken und sie würde ihre Hände hochhalten und ausrufen: „Na, Kind, der Tabak deines Onkels ist noch nicht geschnitten! Es reicht nie aus zu sagen, dass es kalt genug für Decken ist, wenn dein armer Onkel seinen Tabak noch nicht geschnitten hat. Denk an deinen Onkel, Kind! Er kann es sich nicht leisten, dass sein Tabak komplett vernichtet wird.' Aber komm, Cousin Robert, du darfst nicht hier sitzen; außerdem möchte ich dir ein Experiment zeigen, das ich mit Winterkohl versuche.

Ich glaube, dass dies ein getreuer Bericht darüber ist, was zwischen Robert und Sudie im Sommerhaus vorgefallen ist. Ich bin mir sehr wohl darüber im Klaren, dass sie über andere Dinge hätten reden sollen, aber das taten sie nicht; und als treuer Chronist kann ich die Fakten nur so darlegen, wie sie sich ereignet haben, und den Leser bitten, sich daran zu erinnern, dass ich in keiner Weise für das Verhalten dieser jungen Menschen verantwortlich bin.

Nachdem das Kohlexperiment gebührend erklärt und bewundert worden war, verließen Herr Robert und Frau Sudie den Garten und gingen ins Haus. Da waren sie wieder allein, und Robert stürzte sich sofort auf die Sache, über die beide die ganze Zeit nachgedacht hatten.

„Cousin Sudie ", sagte er, „hast du darüber nachgedacht, was ich letzte Nacht zu dir gesagt habe?"

"Ja ein bisschen."

„Ich werde Sie jetzt noch nicht fragen , *was* Sie gedacht haben", sagte Robert und nahm ihre widerstandslose Hand in seine, „denn es gibt einige Erklärungen, die ich Ihnen in Ehren geben muss, bevor ich Sie um eine Antwort bitte, eine So oder so. Als ich dir sagte, dass ich dich liebe, wollte ich dich natürlich bitten, meine Frau zu sein, aber ich darf dich nicht fragen, bis du genau weißt, was ich bin. Ich möchte, dass du genau weißt, was das ist Ich bitte Sie darum. Ich bin ein armer Mann, wie Sie wissen. Ich habe jedoch eine gute Position mit einem Gehalt von zweitausend Dollar im Jahr, und das ist mehr als ausreichend für den Unterhalt einer Familie, insbesondere in einem preiswerte Universitätsstadt; so dass es Raum für eine kleine ständige Anhäufung gibt. Wenn ich heirate, werde ich mein Leben für zehntausend Dollar versichern, damit mein Tod meine Frau nicht mittellos zurücklässt. Ich habe auch einen sehr kleinen Reservefonds auf der Bank – jetzt dreizehnhundert Dollar, seit ich das Pferd bezahlt habe. Und mir sind noch dreihundert Dollar für die Arbeit vom letzten Jahr zustehen. Das sind meine Mittel und meine Aussichten, und jetzt sage ich dir noch einmal, Sudie , dass ich dich liebe, und ich frage dich ganz offen: Willst du mich heiraten?"

Die junge Dame sagte nichts.

„Wenn du dir Zeit zum Nachdenken wünschst, Sudie –"

„Ich nehme an, dass das der Sitte entsprechend der richtige Weg wäre; aber", blickte sie furchtlos zu ihm auf, „ich habe mich bereits entschieden und möchte keine Unwahrheit begehen. Es gibt nichts, wofür man sich schämen muss." Ich nehme an, dass ich ehrlich gesagt einen Mann wie dich liebe, Robert. Ich werde deine Frau sein."

Da fühlte sich die kleine Frau wunderbar mutig und begann kurzerhand zu weinen.

Der Leser wäre in der Tat sehr unhöflich, wenn er einem Gespräch, das seinem Charakter nach völlig privat und vertraulich wäre, weiter zuhören würde; Darum lasst uns unsere Ohren und das Kapitel sofort verschließen.

Kapitel XVII.

Darin verabschiedet sich Mr. Pagebrook von seinen Freunden.

Die nächsten zwei, drei Tage vergingen mit Herrn Robert und Miss Sudie sehr schnell . Robert berichtete seiner Tante über die Ergebnisse, ohne auf die Einzelheiten seiner Gespräche mit Miss Sudie einzugehen , und versicherte sich der Zustimmung von Col. Barksdale, wenn dieser Herr und Billy von dem Gericht, dem sie beiwohnten, zurückkehren würden. Die beiden jungen Leute hatten es jedoch nicht eilig mit dem Tag, an dem sie zurückkehren sollten. Sie waren schon so sehr zufrieden. Sie besprachen ihre Zukunft und machten viele kleine Pläne, die nach einer Weile umgesetzt werden sollten . Es wurde vereinbart, dass Robert zu Beginn der nächsten langen Ferien nach Virginia zurückkehren sollte; dass die Hochzeit unmittelbar nach seiner Ankunft stattfinden sollte; und dass die beiden einen kleinen Ausflug durch die Berge machen und nach ihrer Rückkehr nach Shirley dort bleiben sollten, bis der Herbst Roberts berufliche Pflichten wieder aufnehmen sollte.

Sie waren gerade dabei, diese Angelegenheit zum zwanzigsten Mal zu besprechen, als Maj. Pagebrook eines Nachmittags vorbeiritt. Er wirkte abwesend und nervös und bat nach ein paar Augenblicken allgemeiner Unterhaltung darum, Robert aus geschäftlichen Gründen allein zu sehen. Als die beiden verschlossen waren, öffnete Maj. Pagebrook seine Handtasche, nahm ein Papier heraus, faltete es langsam auseinander und sagte: „Ich habe das gerade erhalten, Robert, und ich nehme an, dass in der Post ein Duplikat davon auf Sie wartet ...“ Büro."

Robert blickte voller Erstaunen auf das Papier.

"Was bedeutet das?" er weinte; „Mein Wechsel hat protestiert! Warum habe ich sechzehnhundert Dollar auf dieser Bank, und mein Wechsel war nur für dreihundert Dollar wert?“

„Es scheint, dass die Bank gescheitert ist“, sagte Maj. Pagebrook . „Zumindest denke ich, dass es das ist, was die Leute aus Richmond meinen. In einer Nachricht an mich schreiben sie, dass es vor einer Woche „in die Pleite gegangen" sei. Es scheint, dass in diesem Herbst ziemlich viele Banken scheitern. Ich hoffe, dass Sie das nicht tun Verliere aber alles, Robert.

Der Schlag war für den jungen Mann schrecklich. In einem Moment erfasste er die gesamte Situation. Das Geld zu verlieren, das er auf der Bank hatte, bedeutete, dass er gezwungen war, die Welt mit absolut nichts von vorne zu beginnen; aber auf jeden Fall könnte er die Schulden, die er seinem Cousin schuldete, in Kürze begleichen, und schuldenfrei zu sein, ist für einen Mann seines Temperaments an sich schon ein Luxus. Er dachte nur einen Moment nach und sagte dann:

„Cousin Edwin, wenn Sie so wollen, muss ich Sie darum bitten, den Einspruch gegen den Wechsel ein paar Tage für mich zu tragen. Am fünfzehnten dieses Monats ist etwas Geld fällig, und jetzt ist es der neunte. Ich habe darum gebeten." Ich habe den Betrag hierher geschickt, aber ich werde sofort nach Philadelphia gehen und ihn dort abholen und Ihnen den Betrag schicken. Ich verspreche Ihnen treulich, dass er spätestens am fünfzehnten überwiesen wird.

„Machen Sie sich nicht die Mühe, so genau zu sein, Robert", antwortete Maj. Pagebrook . „Schicken Sie es, wenn Sie können; ich habe es nicht besonders eilig. Sarah Ann sagt, wir müssen unser gesamtes übriges Geld in die neuen Eisenbahnanlagen investieren; aber ich muss dafür bis zum dreiundzwanzigsten nichts bezahlen, also wird es so sein Zeit genug sein. Aber dafür wäre es mir egal, wie lange ich warten würde."

„Ich werde nicht zulassen, dass es spätestens nach dem fünfzehnten Tag unbezahlt bleibt", sagte Robert. „Ich mag es nicht, es auch nur so lange liegen zu lassen."

Maj. Pagebrook verabschiedete sich und Robert teilte Sudie die schlechte Nachricht mit und sagte ihr auch, dass er am nächsten Morgen nach Philadelphia aufbrechen müsse, um zu sehen, ob es möglich sei, etwas aus dem Ruin der Bank zu retten.

„Außerdem", sagte er, „muss ich mich an die Arbeit machen. Zwischen jetzt und dem ersten Januar liegen fast zwei Monate, und ich kann es mir nicht leisten, es zu verlieren, jetzt, wo ich dieses Geld verloren habe."

„Was wirst du tun, Robert? Du kannst in dieser Zeit nichts unterrichten."

„Nein, aber ich kann viele Dinge tun. Zum einen schreibe ich ab und zu ein wenig für Zeitungen und Zeitschriften. Ich denke, ich kann mir etwas besorgen, mit dem ich zumindest die Kosten decken kann."

Dann erzählte er ihr von seiner Vereinbarung mit Maj. Pagebrook über den protestierten Entwurf und wiederholte abschließend, was dieser Herr über die Investition in Eisenbahnaktien gesagt hatte.

Dies beunruhigte Miss Sudie mehr als alle anderen, und Robert, der es sah, bedrückte sie aus einem bestimmten Grund. Aber sie wollte keinen Grund nennen, und Robert musste sich mit dem Gedanken begnügen, dass sein Kummer ihr natürlich auch Kummer bereitete. Gegenüber ihrer Tante brachte sie jedoch ihre Überzeugung zum Ausdruck, dass Cousine Sarah Ann die Eisenbahninvestition nur deshalb vorgeschlagen hatte, um ihren Mann zu zwingen, Robert zur Zahlung zu drängen. Sie war beunruhigt darüber, dass die Zahlung auch nur um ein paar Tage aufgeschoben werden musste, freute sich aber über die Kenntnis von Roberts Fähigkeit, seine Schulden schnell zu begleichen. Es ärgerte sie, an die unangenehmen Dinge zu denken, die die liebenswürdige Herrin von The Oaks bis zur Zahlung über Robert sagen würde. Es half jedoch nichts, und so redete sich die tapfere kleine Frau ein, dass es ihre Pflicht sei, fröhlich zu wirken, damit Robert es auch sei; und was Miss Sudie auf jeden Fall für ihre Pflicht hielt, tat Miss Sudie , wie schwierig es auch sein mochte. Dementsprechend trug sie das angenehmste Lächeln und die fröhlichste Miene, wann immer Robert anwesend war, weinte in ihrem eigenen Zimmer und wischte sorgfältig alle Spuren des Prozesses weg, bevor sie die Tür öffnete.

Robert traf an diesem Nachmittag alle Vorbereitungen für die Abreise und wurde am nächsten Morgen in der Familienkutsche zum Gerichtsgebäude gefahren. Als er dort ankam , holte er die Briefe, die für ihn im Postamt lagen, las sie und unterhielt sich ein paar Augenblicke mit Ewing Pagebrook , der die Nacht zuvor mit Foggy und Dr. Harrison verbracht hatte und jetzt zutiefst zerknirscht und ziemlich zerknirscht war ängstlich, dass Robert ihn ausschimpfen würde. Es blieb jedoch keine Zeit, nicht einmal für Ratschläge, da der Zug bereits gekommen war und Robert sofort gehen musste. Ein hastiges Händeschütteln beendete das Interview und Robert war verschwunden.

Kapitel XVIII.

Herr Pagebrook geht zur Arbeit.

Als Robert in Philadelphia ankam, bestand seine erste Sorge darin, sich nach der Bank zu erkundigen, bei der sein Geld deponiert war. Er erfuhr, dass die Zahlung etwa eine Woche zuvor ausgesetzt worden war und dass ihre Angelegenheiten in den Händen eines Bevollmächtigten lagen. Das war alles, was er am Nachmittag seiner Ankunft herausfinden konnte, und damit musste er sich bis zum nächsten Tag begnügen, als es ihm mit einiger Mühe gelang, ein Gespräch mit dem Bevollmächtigten zu erreichen. Zu ihm sagte er: „Mein einziger Zweck besteht darin, den genauen Stand der Bankangelegenheiten zu ermitteln, damit ich weiß, was zu tun ist."

„Das kann ich Ihnen nicht sagen, Sir. Die Bücher sind immer noch durcheinander, und solange sie nicht geklärt werden können, ist es unmöglich zu sagen, wie das Ergebnis aussehen wird."

„Sagen Sie mir dann, sind die Vermögenswerte in etwa gleich groß wie die Verbindlichkeiten?"

„Das ist genau das, was die Bücher zeigen müssen. Das kann ich nicht sagen, bis wir eine Stellungnahme bekommen."

„Dann können Sie mir zumindest sagen", sagte Robert, provoziert über die Zurückhaltung des Mannes, „ob überhaupt Vermögenswerte vorhanden sind oder nicht."

„Nein, ich kann keine Aussage machen, bis die Bücher geprüft sind. Dann wird eine vollständige Darstellung der Angelegenheiten gemacht."

„Entschuldigen Sie", sagte Robert, „aber diese Frage ist für mich von ernster Bedeutung. Sie untersuchen die Angelegenheiten dieser Bank schon seit einer Woche, glaube ich?"

„Ja, ungefähr eine Woche."

„Sie müssen also eine Vorstellung davon haben, ob für die Einleger überhaupt etwas übrig bleibt oder nicht, und Sie werden mir in der Tat sehr entgegenkommen, indem Sie mir Ihre persönliche Meinung zu diesem Thema mitteilen. Ich verstehe, wie unmöglich es ist, diese zu äußern." Genaue Zahlen; aber Sie können zu diesem Zeitpunkt nicht umhin zu wissen, ob die Aktiva im Vergleich zur Höhe der Verbindlichkeiten der Bank eine erwägenswerte Größe darstellen. Ich würde mich über die wenigen Informationen freuen, die Sie mir geben können, so ungenau sie auch sein mögen ."

„Mein lieber Herr“, sagte der Beauftragte, „ich fürchte, Sie verstehen diese Dinge nicht. Unsere Erklärung ist noch nicht fertig, und ich kann Ihnen unmöglich sagen, wie sie aussehen wird, bis sie fertig ist.“

„Wann wird es fertig sein, Sir?“ fragte Robert.

„Das kann ich noch nicht sagen, aber es wird zu gegebener Zeit erfolgen, Sir; zu gegebener Zeit.“

„Wird es eine Woche oder einen Monat oder zwei oder drei Monate dauern? Sie können zumindest eine ungefähre Schätzung der für die Vorbereitung erforderlichen Zeit abgeben.“

„Nun, nein“, sagte der Geschäftsmann, „ich möchte keine Versprechungen machen; ich arbeite hart, und die Abrechnung wird zu gegebener Zeit fertig sein, Sir; zu gegebener Zeit.“

Robert verließ die Anwesenheit des Mannes völlig angewidert. Als er über die Angelegenheit nachdachte, kam er zu dem Schluss, dass die Lage der Bank sehr schlecht sein müsse. Sonst, so argumentierte er, würde der Mann zu diesem Thema nicht so schweigen.

Nun hatte der Bevollmächtigte vollkommen Recht, als er sagte, dass Robert diese Dinge nicht verstand. Wenn er sie verstanden hätte, hätte er gewusst, dass die Zurückhaltung, aus der er das Schlimmste argumentierte, überhaupt nichts bedeutete. Geschäftsleute neigen auf keinen Fall dazu, sich unnötig zu engagieren, und schon gar nicht in einem Fall wie dem, nach dem Robert gefragt hatte. Die Bank hätte völlig bankrott oder völlig zahlungsfähig sein können, und dieser Bevollmächtigte hätte in beiden Fällen genau die gleichen Antworten auf die Fragen unseres jungen Freundes gegeben. Er wusste noch nichts mit absoluter Sicherheit und konnte auch nichts mit Sicherheit wissen, bis die letzte Zahlenspalte addiert und die endgültige Bilanz gezogen worden war. Dann könnte er eine Erklärung abgeben, aber bis dahin würde er überhaupt nichts sagen. Er handelte nach seiner Art. Geschäft ist Geschäft; und in der Regel kennen Geschäftsleute nur eine Vorgehensweise.

Robert war jedoch kein Geschäftsmann. Er wusste nichts über diese Dinge, und dementsprechend argumentierte er, ohne Rücksicht auf eine Geschäftsgewohnheit als einen der Faktoren des Problems, dass der Mann dies gesagt hätte, wenn die Geschäfte der Bank auch nur im geringsten hoffnungsvoll gewesen wären. Da er es sorgfältig und beharrlich vermieden hatte, etwas Derartiges zu sagen, konnte Robert nur zu dem Schluss kommen, dass es überhaupt keine Hoffnung gab, unterhalten zu werden.

Daher beschloss er schnell, keine Zeit mehr zu verschwenden. Er gab seine sechzehnhundert Dollar als völlig verloren zurück, packte seinen Koffer und ging sofort nach New York, um irgendeine Arbeit zu finden. Wie ihm das gelang, können wir am besten aus seinem Brief an Cousin Sudie ersehen , aus dem ich ein oder zwei Passagen zitieren darf.

„Ich bin sehr beschäftigt mit einigen aktuellen Artikeln, wie die Zeitungsleute sie nennen. Das heißt, ich besuche Fabriken verschiedener Art und schreibe detaillierte Berichte über ihre Abläufe, verbunden mit den so gesammelten Fakten, einen Klatschbericht über die Entstehung." , Geschichte usw. der Branche. Ich finde die Arbeit sehr interessant, und sie verspricht auch recht lohnend zu sein. Ich bin zufällig darauf reingefallen. Vor etwa einem Jahr verbrachte ich einen Abend mit einem Freund, Mr. Dudley, in New York, und als er bei ihm zu Hause war, zeigte mir sein siebenjähriger Junge einige seiner Spielzeuge – kleine deutsche Erfindungen; und ich wusste etwas über die Spielzeuge und die Menschen, die sie herstellen – wissen Sie, ich habe einmal eine Sommerreise durch Europa gemacht – Ich fing an, ihm davon zu erzählen. Sein Vater war genauso interessiert wie er, aber die Sache ging mir bald aus dem Kopf. Als ich vor einer Woche hierher kam, um nach etwas zu suchen, das ich tun konnte, besuchte ich das Büro dieser Zeitung in der Hoffnung, dass ich sollte es mir erlaubt sein, ein wenig zu berichten oder irgendwelche Plackereien zu erledigen, bis etwas Besseres auftaucht. Wen sollte ich auf dem Redaktionsstuhl finden außer meinem Freund Dudley? Ich teilte ihm meinen Auftrag mit und seine Antwort war:

„‚Ich habe jetzt keinen Moment Zeit, Pagebrook , aber du bist genau der Mann, den ich will. Kommen Sie heute Abend zu mir. Wir essen um halb sieben zu Abend, und bei unserem Roastbeef kann ich Ihnen ausführlich erklären, was ich möchte bedeuten.'

„Ich ging ganz selbstverständlich hin und beim Abendessen sagte Dudley:

„‚Unsere Zeitung, Pagebrook , soll eine Art amerikanisches Penny-Magazin sein. Das heißt, wir wollen sie mit *unterhaltsamen* Informationen füllen, teils der Information wegen, aber mehr der Unterhaltung wegen. Jetzt Ich habe es mit mindestens fünfzig Leuten probiert, in der Hoffnung, jemanden zu finden, der genau das schriftlich erzählen kann, was Sie unserem Ben erzählt haben, als Sie vor einem Jahr hier waren. Ich habe nie im Traum daran gedacht, Sie dazu zu bewegen, aber Sie... „Ich bin nur der Mann und auch der Einzige", fange ich an zu denken. Wenn du also Lust dazu hast, kann ich dich so lange beschäftigen, wie du willst. Ich möchte dich nicht darauf beschränken Diese besondere Art von Arbeit, aber Artikel dieser Art hätte ich lieber als alle anderen, und die Verleger werden sich nicht beschweren, wenn ich Ihnen zwanzig Dollar pro Stück dafür zahle. Sie dürfen nicht mehr als zwei unserer Kolumnen, sagen wir zweitausend, umfassen Alles in allem – aber wenn Sie Ihre Geschichte in einem bestimmten Fall nicht innerhalb dieser Grenzen erzählen können, können Sie zwei Artikel daraus machen. Ich habe Ihre Spielzeuggeschichte bereits erzählt, aber Sie können leicht viele andere Dinge dazu aufspüren erzählen über. Am besten sind gewöhnliche Dinge – Dinge, die die Leute jeden Tag sehen, von denen sie aber nichts wissen."

„Ich machte mich am nächsten Tag an die Arbeit und war seitdem beschäftigt. Ich besuche gerne Fabriken und erfahre alle kleinen Details ihrer Abläufe, und ich finde, dass es die kleinen Details sind, die die Beschreibung interessant machen. Mir gefällt." Die Arbeit ist so gut, dass ich mir fast wünschte, ich hätte keine Professur, um als Unternehmen dieser Art des Schreibens und einigen anderen Arten, in denen ich offenbar Erfolg habe, nachzugehen – denn ich beschränke mich nicht auf eine Art von Artikeln oder Ich habe übrigens auch keine Arbeit an einer Arbeit, aber ich probiere mich an verschiedenen Dingen, und ich finde die Arbeit sehr faszinierend. Aber es ist meiner Meinung nach insgesamt besser, wenn ich meine Position an der Hochschule behalte, selbst wenn ich Ich könnte sicher sein, immer einen so guten Markt für meine Waren zu finden wie jetzt, was zweifelhaft ist. Ich habe meinen gesamten kleinen Reservefonds verloren – da die Bank hoffnungslos bankrott zu sein scheint; und wenn ich nichts anderes hätte, auf das ich mich verlassen könnte Da der Verkauf von Artikeln problematisch ist, würde ich Ihnen Unrecht tun, Sie zu bitten, unseren Hochzeitstag festzuhalten . So wie es aussieht, ist mein Gehalt vom College mehr als ausreichend für unseren Lebensunterhalt, und da meine Ausgaben von jetzt an bis zum vereinbarten Zeitpunkt tatsächlich sehr gering sein werden, werde ich bis dahin mehrere hundert Dollar angesammelt haben; Wenn also Onkel Carter nichts dagegen hat, dann beten Sie, dass unsere Pläne ungestört bleiben, nicht wahr, Sudie ?"

Der Rest dieses sehr langen Briefes hat nicht nur persönlichen Charakter, sondern ist auch rein privater Natur; und obwohl es mir freisteht, hier so viel von diesem und anderen Briefen in meinem Besitz abzuschreiben, die mir beim Erzählen meiner Geschichte helfen, fühle ich mich nicht frei, den Leser in die heiligen inneren Kammern einer Korrespondenz mit denen einzulassen Wir haben eigentlich keine Bedenken, es sei denn, es hilft uns, diese Geschichte zu verstehen.

KAPITEL XIX.

Ein kurzes Kapitel, vielleicht nicht sehr interessant, aber von einiger Bedeutung für die Geschichte, wie der Leser wahrscheinlich nach einer Weile feststellen wird .

Als der Brief, aus dem im vorigen Kapitel zitiert wurde, bei Miss Sudie eintraf , war diese junge Dame nicht in Shirley, sondern in The Oaks, wo Ewing sehr krank lag. Er war vor ein paar Tagen plötzlich niedergeschlagen worden und hatte vom ersten Moment an Fieber im Delirium. Der Arzt schien ungewöhnlich besorgt um seinen Patienten zu sein, seit er zum ersten Mal zu ihm gerufen wurde, und Cousine Sarah Ann hatte ihrer Besorgnis über die offensichtliche Gefahr, in der ihr Sohn schwebte, so viel nachgegeben, dass sie für sie selbst völlig nutzlos war Für alle anderen war Miss Sudie als vorübergehende Herrin des Herrenhauses hinzugezogen worden.

Die nächste Post nach der, die ihren Brief brachte, enthielt einen Brief von Robert, der an Ewing selbst gerichtet war. Als Miss Sudie ihn in der Tasche entdeckte, brachte sie ihn zu Cousine Sarah Ann und war äußerst schockiert, als diese geschätzte Dame wortlos das Siegel öffnete, den Brief las und ihn anschließend sorgfältig in Ewings Schreibtisch verstaute, den sie hatte der Schlüssel. Miss Sudie sagte jedoch nichts und die Sache war fast vergessen, als am Abend der Arzt kam und sich an das Bett des kranken Jungen setzte.

„Ich halte es für meine Pflicht, Ihnen zu sagen ", sagte er zu Cousine Sarah Ann, „dass die Krise der Krankheit rasch näher rückt und ich hier warten muss, bis sie vorüber ist. Ihr Sohn ist in großer Gefahr, aber wir werden es erfahren." innerhalb weniger Stunden, ob es Hoffnung für ihn gibt oder nicht. Ich gestehe, dass ich zwar das Beste hoffe , aber das Schlimmste fürchte."

Mrs. Pagebrook war völlig überwältigt von ihrem Schrecken. Sie liebte ihren Sohn auf ihre eigene seltsame Art; Und da sie eine sehr schwache Frau war , gab sie völlig nach, als ihr klar wurde, in welch kritischem Zustand sich der Junge befand. Es war notwendig, sie aus dem Zimmer auszuschließen, und der Arzt blieb bei Miss Sudie und Maj. Pagebrook . Gegen Mitternacht stand er da und betrachtete aufmerksam die Gesichtszüge des Kranken und lauschte auch auf seinen schwerfälligen Atem. Er stand eine ganze halbe Stunde da – dann wandte er sich an Miss Sudie und sagte:

„Es nützt nichts, Miss Barksdale. Für unseren jungen Freund gibt es keine Hoffnung mehr. Er kann keine Stunde mehr leben. Vielleicht sollten Sie besser seine Mutter informieren."

Doch bevor Miss Sudie das Bett verlassen konnte, stand Ewing für einen Moment auf und versuchte, ihr etwas zu sagen.

„Sagen Sie Robert – ich wurde noch am selben Tag krank – einundzwanzig
–"

Das war alles, was Miss Sudie hören konnte, und sie glaubte, dass die
Gedanken des Patienten immer noch umherwanderten, wie es während
seiner gesamten Krankheit der Fall gewesen war. Und diese
zusammenhangslosen Worte waren die letzten, die der junge Mann jemals
aussprach.

Ungefähr eine Woche nach Ewings Tod sagte Cousine Sarah Ann zu Maj.
Pagebrook :

„Cousin Edwin, wirst du jemals das Geld von Robert einsammeln? Er hat
versprochen, dich am oder vor dem fünfzehnten November auszuzahlen,
und jetzt ist fast der letzte Tag des Monats und du hast noch keine Erklärung
von ihm erhalten." Ich habe dir gesagt, dass er es nicht bezahlen würde, bis
wir ihn gemacht haben. Du hättest ihn überhaupt nicht in deinen Schulden
davonlaufen lassen sollen , und das würdest du auch nicht tun, wenn du auf
mich gehört hättest . Warum nicht? schreibst du ihm nicht?"

„Nun, ich möchte den armen Kerl nicht unter Druck setzen. Er hat sein Geld
verloren, wissen Sie, und ich schätze, es fällt ihm schwer, bis Januar
durchzukommen. Ich schätze, er wird zahlen, wenn er kann."

„Oh, das ist bei dir immer so! Ich für meinen Teil glaube nicht, dass er Geld
auf der Bank hatte; und außerdem sagte er, dass ihm etwas Geld von seinem
Gehalt zufließe, und er versprach treulich, dich davon zu bezahlen . Ich habe
dir gesagt, dass er es nicht tun würde, weil ich ihn kannte. Er versuchte zu
verstehen, dass er dem Rest von uns so viel überlegen sei, und redete davon,
den armen Ewing „umzuerziehen", als ob der arme Junge ein Trunkenbold
wäre und – und – und – wenn du nicht schreibst, werde ich es tun, und ich
werde ihn auch dazu bringen, das Geld zu bezahlen, oder ich werde wissen,
warum."

Das Gespräch endete, wie solche Gespräche in der Familie von Maj.
Pagebrook üblich waren , nämlich mit dem plötzlichen Verlassen des Hauses
durch diesen Herrn.

Offensichtlich meinte Cousine Sarah Ann ernst, was sie sagte, und kaum war
ihr Mann aus dem Haus, als sie ihren Schreibtisch hervorholte und schrieb;
Allerdings nicht an Robert, sondern an die Herren Steel, Flint & Sharp,
Rechtsanwälte und Rechtsberater, in New York City. Ihre Notiz war nicht
lang, aber sie erzählte die ganze Geschichte von Roberts Verschuldung aus
einem nicht sehr positiven Blickwinkel und endete mit der Bitte, dass die
Anwälte „den Fall mit allen gesetzlich zulässigen Mitteln vorantreiben"
sollten. Diese Notiz war nicht mit dem Namen von Cousine Sarah Ann,
sondern mit dem Namen ihres Mannes unterzeichnet, und nachdem sie den

Brief versiegelt hatte, schickte sie ihn zunächst durch einen Diener zur Post. Dann bestellte sie ihre Kutsche und fuhr zu Shirley.

———————————————

KAPITEL XX.

Cousine Sarah Ann übernimmt Roberts Rolle.

Cousine Sarah Ann hat viel geredet. Böswillige Leute sagten manchmal, sie rede viel Unsinn, und möglicherweise tat sie das auch, aber sie redete nie ohne Absicht, und es gelang ihr im Allgemeinen auch, ziemlich erfolgreich zu reden, was die Verwirklichung ihrer Ziele betraf. Im vorliegenden Fall bin ich zwar völlig unvorbereitet, genau zu sagen, warum sie sprechen wollte, bin aber davon überzeugt, dass der Besuch dieser hervorragenden Dame bei Shirley ausschließlich zu dem Zweck unternommen wurde, sich eine Gelegenheit zum Gespräch zu verschaffen.

Dort angekommen begrüßte sie ihre Freunde mit ihrem schwarz umrandeten Taschentuch vor den Augen und schien eine Zeit lang kaum in der Lage zu sein, überhaupt zu sprechen, so überwältigend war ihre Emotion. Dann sagte sie:

„Natürlich würde ich zu einem solchen Zeitpunkt nicht daran denken, sie zu besuchen, aber Shirley scheint mir so sehr zu Hause zu sein, und ich hatte das Gefühl, ich brauche jemanden, mit dem ich reden kann, der mit mir mitfühlen kann. Die liebe Sudie war *so* gut zu mir." während – während all dem."

Nach einer Weile fasste sich Cousine Sarah Ann und beherrschte ihre Gefühle so weit, dass sie ohne schmerzliche Pausen folgerichtig sprechen konnte, auch wenn ihre Stimme vom ersten bis zum letzten Tag weiterhin unangenehm an ein kürzliches Weinen erinnerte.

„Hatten Sie in letzter Zeit Neuigkeiten über Robert?" Sie fragte; „Ich hoffe, dass es ihm gut geht."

„Wir haben keine Briefe erhalten, seit Sudie kam, als sie bei Ihnen zu Hause war", sagte Colonel Barksdale. „Ich glaube, es ging ihm damals sehr gut, auch wenn er dachte, dass es keine Hoffnung mehr gäbe, etwas von der Bank zurückzubekommen."

„Es tut mir *so* leid", sagte Cousine Sarah Ann, „denn ich liebe Robert. Er war so wie ein älterer Bruder für meinen armen Jungen. Ich fühle mich für ihn wie eine Mutter, und ich kann es nicht ertragen, dass es jemand sagt." irgendetwas gegen ihn.

„Niemand sagt jemals etwas zu seiner Diskreditierung, nehme ich an", sagte Col. Barksdale. „Er ist wirklich einer der großartigsten jungen Männer, die ich je gekannt habe, und er ist auch ein wahrer Ehrenmann. Er kommt jedoch ehrlich davon, denn sein Vater war genau das vor ihm."

„Das ist genau das, was ich Cousin Edwin erzähle ", sagte Cousine Sarah Ann. „Ich sage ihm, lieber Robert, er hat vor, das Richtige zu tun, und er wird es tun, sobald er kann. Armer Kerl! Er hatte *so viel* Pech. Irgendjemand muss Cousin Edwin misstrauisch gegenüber ihm gemacht haben, sonst würde er nicht so schlecht denken." des armen Robert.

„Warum, Sarah Ann, was meinst du?" fragte Oberst Barksdale. „Sicherlich hat Edwin keinen Grund, schlecht über Robert zu denken."

„Nein, das hat er nicht; und das sage ich ihm. Aber er ist voreingenommen und will kein Wort hören. Er sagt niemandem außer mir davon, aber er hat wirklich den Verdacht, dass Robert ihn betrügen will, und —"

„Betrüge ihn!" rief alles in einem Atemzug: „Warum, wie kann das sein?"

„Oh, das *kann nicht sein, und das sage ich Cousin Edwin; aber er besteht darauf, dass Robert ihm gesagt hat* , dass er die dreihundert Dollar am oder vor dem fünfzehnten bezahlen würde , und ich schätze, der arme Junge hat es nicht geschafft, sonst würde er es tun.

„Warum, Sarah Ann, du erzählst mir doch nicht, dass Robert es versäumt hat, Edwin das Geld zu zahlen!" sagte der Oberst.

„Ich dachte, du wüsstest das, sonst hätte ich dir nichts davon erzählt. Nein, er hat es noch nicht abgeschickt; aber er wird es natürlich tun, wenn ich Cousin Edwin davon abhalten kann, ihm heftige Briefe darüber zu schreiben ."

„Hat er nicht geschrieben, um die Verzögerung zu erklären?" fragte der Oberst.

„Nein; und daran erinnert mich Cousin Edwin immer, wenn ich versuche, Roberts Partei zu ergreifen. Er sagt, wenn er ehrlich sein wollte , hätte er geschrieben. Ich sage ihm, ich weiß, wie es ist. Ich kann Roberts Schweigen vollkommen verstehen. Er Ich schätze, er hat es nicht geschafft, das Geld zu bekommen, als er es erwartet hatte, und hat es natürlich gehasst, zu schreiben, bis er das Geld schicken konnte. Armer Junge! Ich fürchte, er wird sich überanstrengen und auch halb verhungern, wenn er versucht, an das Geld zu kommen zusammen, wenn wir genauso gut darauf warten konnten wie nicht."

„Es kann sicherlich keine Entschuldigung dafür geben, dass er nicht geschrieben hat, nachdem er die Zahlung an einem bestimmten Tag versprochen hat", sagte Col. Barksdale; „Und ich bin sowohl überrascht als auch betrübt, dass er sich so unwürdig verhalten hat!"

Damit stand der Colonel auf und ging offensichtlich wütend im Raum auf und ab. Roberts Vorkämpferin, Cousine Sarah Ann, konnte das nicht ertragen.

„Sicherlich wirst *du dich* nicht gegen den armen Robert wenden, ohne ihm Gehör zu verschaffen, nicht wahr, Cousin Carter? Ich dachte schon, dass du das auch bist, obwohl ich das Thema nie erwähnt hätte, wenn ich nicht geglaubt hätte, dass du es wüsstest darüber und würde wie ich Roberts Rolle übernehmen."

„Ich werde ihn anhören", sagte der Oberst; „Aber inzwischen muss ich sagen, dass sein Verhalten sehr einzigartig war – wirklich sehr einzigartig."

„Oh, er ist nur gedankenlos!" sagte die ausgezeichnete Frau in ihrem Bemühen, „den lieben Robert" zu beschützen.

„Nein, er ist nicht gedankenlos. Er ist niemals gedankenlos, was auch immer er sonst sein mag. Wenn Sie ihn verteidigen wollen, Sarah Ann, müssen Sie eine andere Entschuldigung für sein Verhalten finden. Verwirren Sie den Kerl! Ich kann nicht anders, als ihn zu lieben , aber wenn er nicht das ist, wofür ich ihn gehalten habe, werde ich –"

Der Oberst beendete seine Drohung nicht; vielleicht wusste er kaum wie.

„Nun, Cousin Carter, geraten Sie bitte nicht in Leidenschaft wie Cousin Edwin", sagte Cousine Sarah Ann flehend, „aber warten Sie, bis Sie alle Fakten herausgefunden haben. Schreiben Sie Robert, und ich bin sicher, er wird es tun." Erkläre alles. Ich wünschte, ich hätte kein Wort darüber gesagt.

„Das haben Sie vollkommen richtig gemacht, vollkommen", sagte Colonel Barksdale. „Wenn Robert in einer Ehrensache versagt hat, sollte ich das wissen, denn in diesem Fall habe ich eine Pflicht zu erfüllen – eine schmerzhafte, aber dennoch eine Pflicht."

„ O ihr Männer seid überhaupt nicht barmherzig. Ihr seid *so* hart zueinander und es tut mir so leid, dass ich etwas dazu gesagt habe. Auf Wiedersehen, Cousine Mary. Auf Wiedersehen, liebe Sudie . Komm und sieh mich, nicht wahr? Ich vermisse dich *so* sehr in meinen Schwierigkeiten. Komm oft. Komm und bleib ein bisschen bei mir. Tu es. Das ist mir lieb."

Und so fuhr Cousine Sarah Ann davon und freute sich darüber, dass sie den abwesenden Robert energisch verteidigt hatte; und vielleicht freute er sich auch über die Überzeugung, dass dieser Herr sein Verhalten unmöglich zur Zufriedenheit von Colonel Barksdale erklären konnte.

KAPITEL XXI.

Miss Barksdale äußert einige Meinungen.

Miss Sudie Barksdale war eine sehr mutige kleine Frau, und sie brauchte bei dieser Gelegenheit all ihren Mut. Sie hielt es für absolut notwendig, dass sie das Gespräch mit Cousine Sarah Ann aussitzen sollte, und sie setzte es aus, mit welcher Qual, das kann man sich leicht vorstellen. Als diese Dame wegfuhr, rannte Miss Sudie in ihr Zimmer, wo sie zwei oder drei Stunden blieb. Wir werden nicht in ihre Privatsphäre eindringen.

Col. Barksdale rief Billy von seinem Büro aus an, teilte ihm die neu entdeckten Fakten mit und fragte ihn nach seiner Meinung. Billy war einfach wie vom Donner gerührt.

„Ich kann es nicht verstehen", sagte er; „Bob hat das Geld auf jeden Fall von seinem letzten Jahresgehalt bekommen, denn er hat mir davon an dem Tag erzählt, als wir uns das erste Mal in Philadelphia trafen. Wenn Bob kein Ehrenmann im strengsten Sinne des Wortes ist, dann war ich es nie." Ich habe in meinem Leben niemanden so getäuscht. Und doch sieht dieses Geschäft so hässlich aus wie eine hausgemachte Sünde. Bob wusste genau, dass wir, wenn Sie oder ich zu Hause gewesen wären, als er ging, nicht zugelassen hätten, dass sein protestierter Entwurf daneben stehen geblieben wäre Er hätte es aber sofort bezahlt. Er wusste auch, dass er, wenn er nicht zahlen konnte, wie er es versprochen hatte, an mich oder an Sie hätte schreiben können, um die Angelegenheit zu erklären, und wir ihm das Geld notfalls für zwanzig Jahre geliehen hätten . Ich verstehe es überhaupt nicht. Es sieht hässlich aus. Es sieht so aus, als wollte er das Geld klarstellen."

„Nun, mein Sohn", sagte Col. Barksdale, „ich gebe ihm auf jeden Fall eine Chance, es zu erklären. Ich werde ihm sofort schreiben."

Daraufhin ging der alte Herr in seine Bibliothek und beschäftigte sich einige Zeit mit dem Schreiben. Nach einer Weile klopfte es an seiner Tür und Miss Sudie trat ein.

„Komm herein, Tochter", sagte er zärtlich. "Ich will mit dir reden."

„Ich dachte, du würdest es tun", sagte das kleine Mädchen mit dem traurigen Blick, „und deshalb bin ich gekommen. Ich wollte, dass unser Gespräch privat bleibt."

„Du bist ein gutes Mädchen, mein Kind." Dann, nach einer Pause: „Das sind schlechte Nachrichten über Robert."

„Ja; und aus einer schlechten Quelle", sagte Sudie .

„Ich verstehe dich nicht, Tochter."

„Wir haben die beste Autorität, Onkel Carter, wenn wir sagen: ‚Menschen sammeln keine Trauben von Dornen!'"

„Aber, mein Kind, ich nehme an, dass es in diesem Fall keinen Zweifel an den Tatsachen geben kann, soweit wir sie haben. Wir kennen die Umstände von Roberts Schuld gegenüber Edwin, und was auch immer ihre Motive gewesen sein mögen, Sarah Ann würde es kaum wagen zu sagen, dass er weder gezahlt noch schriftlich erklärt hat, warum er dies nicht getan hat, wenn er eines von beiden getan hat."

"Vielleicht nicht."

„Robert hätte um jeden Preis dafür bezahlen sollen, wenn es möglich gewesen wäre; und wenn das nicht der Fall gewesen wäre, hätte er in einer offenen, männlichen Art schreiben und seine Unfähigkeit, sein Versprechen zu erfüllen, erklären sollen. Der Schein spricht so stark gegen ihn, dass ich Ich habe mit sehr geringer Hoffnung geschrieben, eine zufriedenstellende Antwort hervorzurufen.

„Würde es Ihnen etwas ausmachen, mich sehen zu lassen, was Sie geschrieben haben, Onkel Carter?"

„Nein, Sie dürfen den Brief lesen. Hier ist er."

Miss Sudie hat es gelesen. Es lief so:

„Ich habe gerade erfahren, dass Sie Ihr feierliches und bewusstes Versprechen, das Sie am Vorabend Ihrer Abreise aus Shirley gegeben haben und das besagte, dass Sie unbedingt Ihren protestierten Wechsel für dreihundert Dollar (300 US-Dollar) annehmen würden, überhaupt nicht eingehalten haben), gehalten von Ihrem Cousin Major Edwin Pagebrook , am oder vor dem fünfzehnten (15.) Tag dieses laufenden Monats. Es ist jetzt der dreißigste (30.) und daher ist Ihr Versprechen fünfzehn (15) Tage überfällig . Ich erfahre auch dass Sie es versäumt haben, eine Erklärung für Ihr Vergehen zu schreiben oder sich in irgendeiner Weise dafür zu erklären oder sich dafür zu entschuldigen . Gestatten Sie mir zu sagen, dass Ihr Verhalten, wie es sich mir in diesem Moment darstellt, des Gentlemans, für den Sie sich ausgeben, unwürdig ist, und Ich verlange nun von Ihnen, dass Sie mir entweder sofort eine zufriedenstellende Erklärung der Angelegenheit geben – und das scheint, ich muss gestehen, Sir, kaum möglich zu sein – oder dass Sie sofort an meine Nichte und meine Adoptivtochter schreiben und sie von ihr befreien Engagement mit Ihnen."

Nachdem sie den Brief zu Ende gelesen hatte, gab Sudie ihn kommentarlos ihrem Onkel zurück. Nicht, dass sie in diesem oder irgendeinem anderen Fall Angst gehabt hätte, ihre Meinung zu äußern. Ihr Onkel wusste sehr gut, als er ihr den Brief gab, dass sie absolut nichts darüber sagen würde, bis er sie danach fragen würde, und er wusste ebenso gut, dass er, wenn er sie fragte, einen absolut ehrlichen Ausdruck ihrer Gedanken bekommen würde, was auch immer passieren mochte Sei. Aber Colonel Barksdale hatte vorerst Angst, sie nach ihrer Meinung zu fragen. Er war ein mutiger und ehrlicher Mann. Er war im ganzen Staat als Anwalt von großem Können und als Gentleman der unbestrittenen Sorte bekannt. Und doch hatte er in diesem Moment Angst vor einem jungen Mädchen, das in der Beziehung seiner Tochter zu ihm stand – einem Mädchen, das weder in Worten noch in Taten gewalttätig war, einem Mädchen, das ihn als Vater ehrte und ihn von ganzem Herzen liebte . Er wusste, dass sie ohne zu zögern die Wahrheit sagen würde, und es war die Wahrheit, vor der er Angst hatte. Er war sich, als er schrieb, nicht der Neigung bewusst, Robert Unrecht zu tun, sonst hätte er, da er ein gerechter Mann war, den Gedanken von ihm verschmäht; Aber jetzt, da er sich verpflichtet fühlte, Miss Sudie nach ihrer Meinung zu seinem Kurs zu fragen , wurde ihm unangenehm bewusst, dass ihn bei der Wahl seiner Sprache andere Impulse als nur solche bestimmt hatten. Endlich stellte er die gefürchtete Frage.

„Was denkst du, Tochter?"

„Ich denke, dass Sie sich selbst nicht gerecht geworden sind, Onkel Carter, indem Sie einen solchen Brief geschrieben haben. Der Brief ähnelt Ihnen überhaupt nicht."

"Also?"

„Meinst du warum und warum?"

„Ja. Warum und warum, Sudie ?"

„Weil es Ihnen nicht ähnlich sieht, eine Ungerechtigkeit zu begehen, und wenn Sie dazu verraten werden, stellen Sie sich selbst falsch dar."

„Aber worin besteht in meinem Brief eine Ungerechtigkeit, mein Kind?"

„Es setzt eine unbewiesene Schuld voraus; und ich glaube, dass selbst Kriminelle bei ihren Bemühungen, sich freizusprechen, einen günstigeren Ausgangspunkt als diesen haben."

„Aber Sudie , ich bin nicht davon ausgegangen, dass Robert schuldig ist. Ich habe ihn um eine Erklärung gebeten."

„Ja; und gerade als Sie ihn gebeten haben, es Ihnen, seinem Richter, zu erklären, haben Sie ihm von der Richterbank aus versichert, dass das Gericht eine Erklärung für unmöglich hält."

„Habe ich? Lass mich sehen."

Nachdem er den Brief noch einmal durchgesehen hatte, fuhr er fort:

„Ich glaube, da haben Sie recht. Ich werde den Brief umschreiben und die anstößige Klausel weglassen. Ist das alles, Sudie ?"

„Vielleicht werden Sie beim Umschreiben des Briefes feststellen, dass sein Ton so ungerecht ist, wie Worte nur sein können. Mir kommt es so vor."

„Lass es mich noch einmal versuchen, Tochter. Behalte bitte deinen Platz, während ich einen neuen Brief schreibe, anstatt den alten umzuschreiben."

„Da. Wie soll das gehen?" fragte er, als er der jungen Frau diese hastig geschriebene Notiz überreichte.

> „ MEIN LIEBER ROBERT : Wir haben gerade einige Neuigkeiten von Ihnen gehört, denen Sie, wie ich hoffe, widersprechen oder sie erklären können. Es geht darum, dass Sie Ihr Versprechen in Bezug auf Ihre Schulden gegenüber Major Pagebrook nicht eingehalten haben , und dass Sie Ich habe nicht einmal ein Wort zur Entschuldigung oder Erklärung gesagt. Die besonderen Beziehungen, in denen Sie jetzt zu meiner Familie stehen, rechtfertigen es meiner Meinung nach, dass ich Sie um eine Erklärung einer Angelegenheit bitte, die, ungeklärt, Ihren Charakter als ehrenhafter Mann widerspiegeln muss . Bitte schreiben Sie mir per Post."

„Das sieht eher nach Ihnen aus, Onkel Carter. Aber es tut mir leid, dass Sie von vornherein von Roberts Schuld überzeugt sind. Sie schlagen vor, über seinen Fall zu urteilen, und ein Gericht sollte nicht nur erscheinen, sondern auch frei von Voreingenommenheit sein." ."

„Aber, meine Tochter, ich kann mir kaum vorstellen, dass es in einem Fall wie diesem eine mögliche Entschuldigung geben kann. Sie können nicht leugnen, dass sowohl die Fakten als auch der Schein gegen ihn sprechen."

„Ich bezweifle, dass wir schon über die Fakten verfügen, Onkel Carter. Abgesehen von meiner Kenntnis von Cous – von Sarah Ann Pagebrooks allgemeinem Charakter, habe ich sie einmal etwas Unehrenhaftes tun sehen. Ich habe gesehen, wie sie einen Brief geöffnet und gelesen hat, der nicht an sie adressiert war." , und ich habe überhaupt kein Vertrauen in sie oder in irgendeine Aussage, die von ihr oder durch sie kommt."

Colonel Barksdale war es wahrscheinlich nicht leid, dass das Gespräch an dieser Stelle durch den Eintritt eines Dieners unterbrochen wurde, der einen Kunden ankündigte. Er hatte das Gefühl, dass es müßig wäre, mit Sudie über eine Angelegenheit zu streiten, in der ihre Gefühle stark im Spiel waren, und er hatte das Gefühl, dass er eine einfache Pflicht erfüllte, indem er Robert zur Rechenschaft zog. Er war daher eher erfreut darüber, dass ein Unfall ein Gespräch beendete, das nicht versprach, angenehm zu enden.

Miss Sudie ging in ihr Zimmer und schrieb auf eigene Faust an Robert. Es steht mir nicht frei, ihren Brief hier abzudrucken, was ich sehr gerne tun würde, aber der Leser wird seinen allgemeinen Charakter leicht erraten können. Sie erzählte Robert ausführlich alles, was an diesem Tag über ihn gesagt worden war. Sie erzählte ihm von der Wut ihres Onkels und von der Wahrscheinlichkeit, dass jeder ihn für schuldig halten würde, wenn er seine Unschuld nicht beweisen würde; aber sie versicherte ihm, dass sie zumindest keinen Augenblick daran denken würde, an ihm zu zweifeln.

„Um deinetwillen", schrieb sie, „hoffe ich, dass du eine überzeugende Erklärung abgeben kannst; aber ob du das schaffst oder nicht, Robert, *ich weiß*, dass du wahr und männlich bist, und nicht einmal Fakten werden mich jemals überzeugen." Zweifle an deiner Wahrheit. Ich werde vielleicht nie erkennen können, dass du richtig gehandelt hast, aber ich werde trotzdem wissen, dass es so war. Meine Frauenliebe ist wahrer, zumindest für mich, als Logik – wahrer als Tatsachen – wahrer als die Wahrheit selbst."

Das alles war sehr unlogisch – sehr unvernünftig, aber sehr natürlich. Es war „genau wie bei einer Frau", ihre Gefühle an einem heiligen Ort zu platzieren und ihre Vernunft zu zwingen, ihnen wie einem Gott zu huldigen. Und das ist auch das Beste an Frauen. Ihnen und mir, mein Herr, würde es schlecht gehen, wenn wir bei der Ernennung einer Frau zur Frau nicht sicher sein könnten, dass ihre Liebe in Angelegenheiten, die uns betreffen, jemals Vorrang vor ihrer Vernunft haben wird.

KAPITEL XXII.

Mr. Sharp tut seine Pflicht.

Die Anwaltskanzlei Steel, Flint & Sharp war rundum gut aufgestellt. Seine Organisation war ein bewundernswertes Beispiel für Mittel, die perfekt zur Erreichung der Ziele geeignet waren. Es handelte sich nicht um eine herausragende Firma, aber um eine äußerst erfolgreiche Firma, vor allem in den Geschäftsbereichen, denen sie besondere Aufmerksamkeit schenkte, und die führende davon war das Eintreiben zweifelhafter Schulden, wie Cousine Sarah Ann aus einer der Firmenkarten erfahren hatte was ihr in den Weg gefallen war. Tatsächlich war es der zufällige Besitz dieser Karte, der es ihr ermöglichte, die Angelegenheit von Roberts Schulden in die Hände von New Yorker Anwälten zu legen, und ich vermute, dass sie nie auf die Idee gekommen wäre, dies zu tun, wenn nicht die verlockenden Worte aufgedruckt gewesen wären die Karte – „besondere Aufmerksamkeit gilt dem Einzug zweifelhafter Schulden gegenüber Nichtansässigen von New York."

Wir wissen, dass ein Prophet nicht ohne Ehre ist, außer in seinem eigenen Land, und so ist es nicht verwunderlich, dass die Leute, die die Gesichter der Herren, aus denen die Firma Steel, Flint & Sharp bestand, vertraut kannten, diese Herren weniger hoch schätzten als sie es taten jene anderen Menschen mit Wohnsitz außerhalb von New York, die diese Rechtsberater nur durch ihre reichlich verteilten Karten und Rundschreiben kennen konnten. Das war die Tatsache; und so kam es, dass die Mandanten der Kanzlei hauptsächlich Leute waren, die in anderen Teilen des Landes lebten und gezwungen waren, ihr Geschäft in New York den Anwälten anzuvertrauen, die ihrer Meinung nach die führenden in der Metropole waren . Und um die Menschen wissen zu lassen, wer die führenden Anwälte der Stadt waren, verteilten die Herren Steel, Flint & Sharp ihre Karten und Rundschreiben fleißig im ganzen Land.

Wer Mr. Steel war, weiß ich nicht, und ich neige stark zu der Annahme, dass sich der Rest der Welt, einschließlich seiner Partner, in einem Zustand der gleichen Unwissenheit befand. Er wurde nie in den Büros der Kanzlei gesehen und vertrat auch nie jemanden vor Gericht, wurde aber von seinen Partnern häufig angesprochen, insbesondere wenn Mandanten bereit waren, sich über offensichtlich überhöhte Gebühren zu beschweren.

„Herr Steel kann sich nicht umsonst einem Fall widmen, Sir. Sein Ruf steht auf dem Spiel, Sir, bei allem, was wir unternehmen. Ich fühle mich wirklich nicht frei, Herrn Steel zu bitten, in diesem Fall eine Kürzung zu genehmigen." , Sir. Er widmete den Papieren seine persönliche Aufmerksamkeit – seine persönliche Aufmerksamkeit, Sir."

Und dies führt häufig dazu, dass Kunden unterdrückt, wenn nicht zufrieden, weggeschickt werden.

Mr. Flint war hinlänglich bekannt. Er leitete die Geschäfte der Firma. Er war es, der immer genau wusste, was Mr. Steels Meinung war. Er war der Einzige auf der Welt, der in der Lage war, sich positiv über Angelegenheiten zu äußern, die Mr. Steel betrafen. Mr. Sharp war in der Firma jünger als er, wenn auch an Jahren deutlich älter als er. Für Mr. Sharp hegte Mr. Flint keinerlei Respekt, denn dieser Herr war nicht immer das, was sein Name andeutete. Hätte Mr. Sharp sich selbst überlassen, wäre er hoffnungslos ehrlich und direkt gewesen. Er wäre schnell vor die Hunde gegangen, sagte Mr. Flint, wenn er nicht mit sich selbst in Kontakt gekommen wäre.

„Aber du hast auf deine Art ausgezeichnete Fähigkeiten, Sharp, ausgezeichnete Fähigkeiten", sagte er immer, wenn er gut gelaunt war. „Sie sind ein leitender Angestellter der Hauptstadt – ein sehr guter Leutnant. Ihre Vorstellungen davon, was in einem bestimmten Fall zu tun ist, sind nicht immer gut, aber wenn ich Ihnen sage, was Sie tun sollen, tun Sie es, Sharp. Ich weiß immer, dass Sie tun werden, was ich tue." Sag es dir und mach es auch gut.

Mr. Sharp kam normalerweise eine Stunde früher als Mr. Flint ins Büro, damit er alles für Mr. Flints Verhör bereit hatte, wenn dieser Herr eintreffen sollte. Er las die Briefe, verfasste Papiere und war bereit, seinem Partner jeweils die Fakten mitzuteilen, zu denen seine Meinung oder sein Rat erforderlich war.

Am Morgen des 3. Dezember kam Mr. Flint leise in sein Büro und nachdem er seinen Mantel aufgehängt und sich an der Kasse die Hände gewärmt hatte, ging er in sein Wohnzimmer und sagte, als er sich setzte:

„Ich bin jetzt bereit für dich, Sharp."

Mr. Sharp stand von seinem Schreibtisch auf und betrat das Privatzimmer, die Hände voller Papiere.

„Was steht als Erstes auf der Liste, Sharp?"

„Nun, hier ist eine Einziehung. Schuldner, Robert Pagebrook , vorübergehend in der Stadt. Wohnort nicht bekannt. Schreibt für die Zeitungen, damit ich ihn leicht finden kann. Gläubiger Edwin Pagebrook , aus – Court House, Virginia. Schuldner Ich habe den Gläubiger dazu gebracht, einen Wechsel über dreihundert Dollar einzulösen. Der Wechsel protestierte. Der Schuldner kam weg und versprach, die Papiere bis zum 15. November in Empfang zu nehmen. Hat es nicht getan. Anweisungen ‚drängen ihn'."

„Irgendwelche Einschränkungen?"

"NEIN."

"Was haben Sie getan?"

„Noch nichts; ich werde ihn heute aufsuchen und ihn mahnen."

„Ja, und lass ihn von dir weg. Scharf, weißt du, dass Julius Cæsar tot ist?"

"Sicherlich."

„Dann bin ich froh zu hören, dass Sie etwas wissen. Erkennen Sie den Sinn in diesem Fall nicht? Gehen Sie und stellen Sie eidesstattliche Erklärungen über Informationen aus. Dieser Robert, wie er heißt, ist ein ‚Durchreisender', und wir bekommen es Sie haben einen Haftbefehl parat, und dann können Sie ihn mit etwas Verstand mahnen. Nehmen Sie Ihren Beamten mit oder schicken Sie ihn in die Nähe, und wenn er nicht zahlt, werfen Sie ihn ins Gefängnis. So geht das. Verschwenden Sie niemals Zeit mit Mahnungen. „Transienten", wenn die geringste Chance besteht, sie einzusperren.

„Nun, aber es scheint hier kein Betrug vorzuliegen. Der Mann scheint Geld auf der Bank gehabt zu haben, nur dass die Bank gesperrt wurde."

„Sharp, ich hoffe, du lernst nach einer Weile ein wenig Jura . Wusstest du nicht, dass die Gerichte sich nie sehr genau mit Fällen befassen, in denen es um Transienten geht? Woher wissen wir, dass er Geld auf der Bank hatte? Gibt es etwas zu zeigen? Es?"

„Nein, ich glaube nicht."

„Nun, dann machen Sie doch keine Fakten im Interesse der anderen Seite. Lassen Sie ihn das herausfinden, wenn er kann. Sie verfassen Ihre eidesstattlichen Erklärungen nur so, dass sie unseren Zwecken dienen, nicht seinen. Erklären Sie weiter, dass er sie erstellt hat einen bestimmten Wechsel und stellte dar, dass er über Geld verfügte und sich so auf betrügerische Weise Geld beschaffte, und so weiter; und fuhr dann fort, dass gegen seinen Wechsel bei der Vorlage Protest eingelegt wurde und dass er, statt ihn einzulösen, davongekommen sei. Seien Sie sicher Sagen wir, geflüchtet, Sharp, das ist schon die halbe Miete. Gerichte haben nicht viel mit Männern zu tun, die fliehen und dann in New York auftauchen. Aber machen Sie Ihre Argumente stark genug. Wir schwören nur auf Informationen, wissen Sie, also wenn wir es tun Es ist ein wenig stark, es spielt keine Rolle. Da. Gehen Sie und reparieren Sie es sofort und fangen Sie dann Ihren Mann.

Ein paar Stunden später, als Robert Pagebrook in seinem Zimmer saß und schrieb, wurden Mr. Sharp und ein anderer Mann hereingeführt. Mr. Sharp eröffnete das Gespräch.

„Das ist Mr. Pagebrook , glaube ich?"

"Jawohl."

„Herr *Robert* Pagebrook ?“

„Ja. Das ist mein Name.“

„Vielen Dank. Mein Name ist Sharp, von der Firma Steel, Flint & Sharp. Das ist unsere Karte, Sir. Ich habe Mr. Edwin Pagebrook angerufen, um die Zahlung eines kleinen geschuldeten Betrags zu erbitten, der uns schriftlich darum gebeten hat um es für ihn einzusammeln. Der Betrag beträgt dreihundert Dollar, glaube ich. Ja. Hier ist der Wechsel. Können Sie mir das Geld heute geben, Mr. Pagebrook ?“

„Ich habe bereits ein Drittel des Betrags überwiesen, Sir“, sagte Robert, „und ich hoffe, den Rest bald in Raten überweisen zu können. Im Moment ist es für mich einfach unmöglich, noch mehr zu bezahlen.“

„Haben Sie eine Quittung über den überwiesenen Betrag?“ fragte der Anwalt.

„Nein. Es wurde erst gestern verschickt. Aber wenn Sie den Wechsel eine Woche oder zehn Tage länger zurückhalten, kann ich innerhalb dieser Zeit den gesamten verbleibenden fälligen Betrag verdienen, und Ihr Mandant wird Sie beraten Ich bin sicher, dass ich die bereits überwiesenen hundert Dollar erhalten habe.

„Wir sind nicht berechtigt zu warten, Sir“, sagte Mr. Sharp. „Im Gegenteil, unsere Anweisungen sind positiv, den Fall voranzutreiben.“

"Aber was kann ich tun?" fragte Robert. „Ich habe bereits jeden Dollar geschickt, den ich hatte, und bis ich mehr verdiene , kann ich nichts mehr bezahlen.“

„Der Fall ist ein eigenartiger Fall, Sir. Es sieht aus wie eine betrügerische Schuld und ein Fluchtversuch. Ich muss meine Pflicht gegenüber meinem Mandanten erfüllen, Sir; und das hat dieser Herr, der Sheriff-Offizier ist, auch getan.“ einen Haftbefehl für Sie, den ich von ihm verlangen muss, wenn Sie die Schulden heute nicht begleichen.

„DANN LASSEN SIE IHN ES SOFORT SERVIEREN."

„Dann soll er es sofort servieren", sagte Robert. „Ich kann jetzt nicht bezahlen."

KAPITEL XXIII.

Mr. Pagebrook nimmt eine Lektion in Rechtswissenschaften.

Da Robert nicht in der Lage war, die Kaution freizugeben, ohne seinen Freund Dudley aufzusuchen, was er auf keinen Fall tun wollte, wurde er ins Gefängnis gebracht und eingesperrt. Bei seiner Ankunft dort beauftragte er einen Boten, einem jungen Anwalt, mit dem er zufällig ein wenig bekannt war, eine Nachricht zu überbringen, in der er ihn aufforderte, sofort ins Gefängnis zu kommen. Als er ankam, sagte Robert zu ihm:

„Lassen Sie mich Ihnen gleich zu Beginn sagen, Mr. Dyker, dass ich kein Geld und keine Freunde habe. Wenn Sie mir also gestatten, Sie überhaupt zu konsultieren, dann unter der Voraussetzung, dass ich Sie unmöglich für Ihre Dienste bezahlen kann, bis ich …“ kann das Geld verdienen. Wenn Sie bereit sind, mir in diesem Maße zu vertrauen, können wir mit dem Geschäft fortfahren.“

„Es ist Ihnen eine große Ehre, Sir, mich im Voraus über diese Tatsache zu informieren. Bitte fahren Sie fort. Ich werde für Sie tun, was ich kann.“

„Also erstens“, sagte Robert, „bin ich ein wenig verwirrt darüber, wie oder warum ich eingesperrt bin. Sie haben die Papiere, können Sie mir sagen, wie es ist?“

„ Oh, es ist klar genug. Sie werden unter Haftbefehl festgehalten.“

„Aber ich verstehe es nicht. Ich dachte, dass Gefängnisstrafen wegen Schulden zumindest in diesem Land der Vergangenheit angehören, und mein einziges Vergehen ist die Verschuldung. Ist es möglich, dass Männer in Amerika immer noch wegen Schulden ins Gefängnis kommen?“

„Nun, das ist alles“, sagte der Anwalt. „Wir haben den Namen abgeschafft, behalten das Ding aber in leicht abgeänderter Form bei – zumindest in New York. Theoretisch werden Sie nicht inhaftiert, sondern lediglich zur Verantwortung gezogen. Die Kläger haben einen Fall von Betrug und Nichtansässigkeit usw. festgestellt.“ Sie hatten kein Problem.“

„Aber ich habe immer verstanden, dass unsere Verfassung oder unser Gesetz oder etwas anderes jeden Menschen vor einer Inhaftierung schützt, außer im Rahmen eines ordentlichen Gerichtsverfahrens, und dass jeder Angeklagte das Recht hat, mit seinen Anklägern konfrontiert zu werden, Zeugen ins Kreuzverhör zu nehmen und zu haben seine Schuld oder Unschuld wurde von einer Jury aus seinen Landsleuten entschieden.“

„Das ist die Theorie; aber es gibt einige Klassen von Fällen, die praktisch Ausnahmen sind, und Ihr Fall ist einer davon.“

„Dann", sagte Robert, „ist es wahr, dass ein Amerikaner ohne Gerichtsverfahren verhaftet und ins Gefängnis geschickt werden kann, und zwar allein aufgrund der eidesstattlichen Erklärungen von Anwälten, die nichts über die Fakten wissen, außer dem, was sie aus der Ferne gehört haben." , verantwortungslose und persönlich interessierte Klienten – eidesstattliche Erklärungen aufgrund von Informationen, glaube ich, nennen Sie sie?"

„Nun, Sie formulieren es vielleicht etwas zu streng, aber das sind die Fakten in New York. Seriöse Anwälte achten jedoch sorgfältig darauf, sich von den Fakten zu überzeugen, bevor sie in solchen Fällen überhaupt vorgehen; und so ist das Gesetz, das a sehr praktisch, wirkt selten ungerecht, glaube ich – nicht ein einziges Mal in zwanzig Malen, würde ich sagen."

„Aber", sagte Robert, „die persönliche Freiheit jedes nichtansässigen und einiger inländischer Schuldner hängt, oder in manchen Fällen, einzig und allein vom Charakter der Anwälte ab, wie ich Sie verstehe."

„In manchen Fällen ja. Aber verzeihen Sie. Hätten wir uns nicht besser mit der Sache befassen sollen?"

„Da wir keine Legislative sind, wäre es vielleicht besser", sagte Robert. Anschließend erzählte er den Sachverhalt des Falles, beginnend mit der gutgläubigen Ausarbeitung des Entwurfs, seinem Protest und seiner daraus resultierenden Ratlosigkeit.

„Ich bin überhaupt nicht ‚geflohen'", fuhr er fort, „sondern bin weggekommen, um zu sehen, ob ich etwas aus dem Ruin der Bank retten könnte, und um Arbeit zu suchen. Als ich ging, versprach ich, die Schulden am oder vor dem Bankrott zu begleichen." Am 15. des letzten Monats war ich mir sicher, dass ich es schaffen könnte. Ich habe es nicht geschafft, durch – egal, ich habe es versäumt, aber ich habe mich seitdem sehr bemüht, das Geld zu bekommen und die Verpflichtung zu erfüllen. Ich habe es gestern getan Ich habe hundert Dollar überwiesen und hätte den Rest so schnell wie möglich schicken sollen. Das sind die Fakten. Wie soll ich jetzt hier rauskommen?"

„Sie haben niemanden, der Ihre Kaution hinter sich lässt?"

"Niemand."

„Und kein Geld?"

„Keine. Ich habe meine Uhr verkauft, um Geld zum Leben zu bekommen, während ich auf der Suche nach Arbeit war."

„Sie hatten bei dieser Bank genug Geld, um Ihren Wechsel einzulösen, wenn die Bank nicht gesperrt hätte?"

"Ja."

„Das kannst du schwören?"

"Sicherlich."

„Dann denke ich, dass wir diese Angelegenheit ohne große Schwierigkeiten bewältigen können. Wir können die Fakten zugeben, aber die betrügerische Absicht in unseren eigenen eidesstattlichen Erklärungen leugnen und auf dieser Grundlage entlassen werden. Ich denke, wir können die Betrugstheorie leicht zunichte machen, indem wir das zeigen." Sie hatten tatsächlich das Geld auf der Bank und haben geschworen, dass Sie in gutem Glauben dagegen gezogen haben.

„Verzeihen Sie, aber wenn ich das tue, wäre ich verpflichtet, sollte ich nicht, ehrenhaft, wenn nicht gesetzlich, alle Fakten des Falles in meiner eidesstattlichen Erklärung darlegen? Die Theorie des Verfahrens ist, dass ich das Gericht in Besitz nehme." von allen Tatsachen und dem Verschweigen von nichts, nicht wahr?"

„Nun – ja. Ich nehme an, das ist es."

„Dann lassen Sie uns diesen Plan sofort aufgeben."

„Aber mein lieber Herr –"

„Bitte, argumentieren Sie nicht darüber. Ich bin fest entschlossen. Gibt es keine andere Möglichkeit, meine Freilassung zu erreichen?"

„Ja, ich denke, Sie könnten gemäß Artikel 5 des Non-Inhaftment Act einen Termin vereinbaren."

"Wie ist das?"

„Es handelt sich um eine Art Insolvenz- oder Konkursverfahren, bei dem Sie vor Gericht kommen – bei jedem zuständigen Gericht – und Ihren Gläubigern anbieten, alles, was Sie haben, abzutreten, indem Sie einen eidesstattlichen Katalog aller Ihrer Schulden und Ihres gesamten Eigentums vorlegen und beten Entlassung mit der Begründung, dass du nicht in der Lage bist, mehr zu tun."

„Nun, da ich im Moment buchstäblich nichts an Eigentum habe, scheint diese Vorgehensweise genau zu meinem Fall zu passen", sagte Robert, dessen Mut, gute Laune und unbezähmbare Fröhlichkeit ihm in dieser sehr schwierigen Zeit zugute kamen Versuch. Die Welt sah für ihn damals ziemlich düster aus, egal, wie er sie betrachten wollte, aber der Kampfinstinkt war in ihm groß, und in Ermangelung anderer Freuden verspürte er ein wildes Vergnügen, weil er wusste, dass sein Leben von nun an eine Konstante sein musste Kampf gegen furchtbare Widrigkeiten – Vorurteile ebenso wie

Armut; Denn wer könnte ihn jetzt bei der Hand nehmen und anderen sagen, dass dies mein Freund ist?

„Heute ist es zu spät, um etwas zu erreichen, Mr. Pagebrook ", sagte der Anwalt und blickte auf seine Uhr. „Aber ich werde morgen früh um zehn Uhr hier sein, und dann werden wir uns an die Arbeit machen, um Sie zu befreien, was wir, glaube ich, ziemlich schnell bewirken können. Guten Abend, Sir."

KAPITEL XXIV.

Mr. Pagebrook löst sich von der Vergangenheit und plant eine Zukunft.

Als der Anwalt gegangen war, setzte sich Robert hin, um über die Situation zu beraten und zu entscheiden, was außer der Frage seiner Freilassung in anderen Angelegenheiten zu tun sei. Er hatte an diesem Morgen den Brief von Col. Barksdale und Miss Sudie erhalten . Diese mussten sofort beantwortet werden, und er war sich nicht ganz sicher, wie er sie beantworten sollte. Nachdem er sich mit der Sache befasst hatte, entschied er sich für sein weiteres Vorgehen, und nachdem er seiner Gewohnheit entsprechend entschieden hatte, was zu tun war, machte er sich sofort daran, es zu tun. Nachdem er einen Vorrat an Papier und Umschlägen aus seinem Zimmer mitgebracht hatte, brauchte er sich nur noch Stift und Tinte vom Diener zu leihen.

Sein erster Brief war an den Präsidenten des Colleges gerichtet, von dem er seine Ernennung zum Professor erhalten hatte, und bestand aus einem einfachen Rücktritt, ohne Begründung außer dem, der im Satz enthalten war:

„Ich kann es mir kaum leisten, die Position oder das Gehalt aufzugeben, aber es liegen schmerzhafte Umstände um mich herum, die mich zu diesem Kurs zwingen. Bitte entschuldigen Sie mich für eine ausführlichere Darstellung des Falles."

An Col. Barksdale schrieb er:

„Ihr Brief überrascht mich nur durch seine Freundlichkeit und Sanftheit im Ton. Unter den gegebenen Umständen hätte ich viel Härte verzeihen können. Für Ihre Nachsicht gilt Ihnen jedoch mein herzlicher Dank. Und nun zum Thema Ihrer Notiz: Es tut mir leid, sagen zu müssen, dass ich weder eine Leugnung noch eine zufriedenstellende Erklärung der mir vorgeworfenen Tatsachen bieten kann. Ich muss die Schuld tragen, die mit dem, was ich getan habe, verbunden ist, und wenn ich diese Schuld trage, weiß ich, dass ich Ihnen und Ihrer Familie gegenüber verpflichtet bin. Ich werde Ihnen schreiben mit dieser Mail an Miss Barksdale, die sich freiwillig für eine Freilassung einsetzt, die Sie andernfalls mit Recht von mir verlangen würden.

Nachdem er dies versiegelt und geleitet hatte, begann Robert mit der schwierigsten Aufgabe von allen – dem Schreiben eines Briefes an Cousine Sudie .

„Ich weiß kaum, wie ich dir schreiben soll", schrieb er. „Dein großzügiges Vertrauen in mich trotz allem ist mehr, als ich zu erwarten berechtigt war, und ich denke, mehr, als du aus Gerechtigkeit dir selbst gegenüber das Recht hast, mir zu geben. Ich danke dir von ganzem Herzen dafür, aber." Ich fühle, dass ich es nicht akzeptieren darf. Als du auf meine Worte der Liebe gehört und ihnen einen Platz in deinem Herzen gegeben hast, war ich ein Gentleman ohne Tadel. Jetzt ist ein Makel auf meinem Namen, den ich niemals entfernen kann. Der Mann dafür wem Sie Ihre Hand versprochen haben, war nicht der flüchtige Schuldner, der Ihnen dies aus einem Gefängnis schreibt. Ich sende diesen Brief daher, um Ihnen eine Befreiung von Ihrer Verlobung mit mir anzubieten, falls tatsächlich eine Befreiung notwendig sein sollte. Sie können es sich nicht leisten, mich zu kennen oder Sogar um mich später noch zu erinnern. Vergessen Sie mich also, oder, wenn Sie es nicht ganz vergessen können, erinnern Sie sich an mich nur als Abenteurer, der für eine dürftige Summe seinen guten Namen verkauft hat.

„Auf Wiedersehen. Ich wünsche dir von ganzem Herzen alles Gute."

Als er diese Briefe versiegelte, hatte Robert das Gefühl, dass damit seine Hoffnungen für die Zukunft besiegelt waren und dass der Posten, der sie forttragen sollte, den größten Teil seines Lebens mit sich bringen würde. Und doch gab er sich nicht ganz der Verzweiflung hin, wie es ein schwächerer Mann vielleicht getan hätte. Das alte Leben war für immer von ihm verschwunden. Die einzigen Menschen, die er in irgendeiner Weise als seine eigenen gekannt hatte, würden seine Hand nicht mehr ergreifen, und wenn sie jemals wieder an ihn denken würden, würden sie nur bereuen, dass sie ihn überhaupt gekannt hatten. All dies empfand er sehr, aber daraus folgte nicht, dass er sich selbst aufgeben sollte. Er war noch ein junger Mann und hatte genug Zeit, sich ein neues Leben aufzubauen – neue Freunde zu finden und eine würdige Arbeit in der Welt zu leisten; und er widmete sich sofort der Planung dieses neuen Lebens .

Er würde nicht mehr unterrichten, und nachdem er sich nun von diesem Beruf losgesagt hatte, bot sich ihm die Gelegenheit, etwas in dem Unternehmen zu tun, das ihm in letzter Zeit so viel Spaß gemacht hatte. Von nun an widmete er sich ausschließlich dem Schreiben und wurde bei der ersten Gelegenheit fester Mitarbeiter einer Zeitung. Selbst wenn sich sein Verdienst mit der Feder als gering erweisen sollte, was spielte das für eine Rolle? An eine Heirat konnte er jetzt nicht mehr denken, und ein sehr kleiner Betrag würde ausreichen, um alle seine Bedürfnisse zu befriedigen, da seine Lebensgewohnheiten einfach und regelmäßig waren. Es schmerzte ihn, als er sich daran erinnerte, dass auf seinem Namen ein Fleck war, der niemals entfernt werden konnte; aber er wusste, dass er es ertragen musste, und so beschloss er, es tapfer zu ertragen, wie es sich für einen Mann gehört, alle seine Lasten zu tragen.

Mit solchen Gedanken schlief der tapfere junge Mann auf dem Bett ein, das ihm im Gefängnis zugewiesen wurde.

KAPITEL XXV.

Darin handelt Miss Sudie sehr unvernünftig.

Die Männer, die jeden Tag ihres Lebens Postsendungen zusammenstellen und große Säcke voller Briefe handhaben, gewöhnen sich wohl an das Geschäft und lernen nach einer Weile , die Säcke und ihren Inhalt lediglich als so viele Pfund „Postangelegenheit" zu betrachten. Sonst würden sie ihre Aufgaben bald nicht mehr erfüllen. Wenn sie diese Taschen mit anderen als materiellen Waagen wiegen könnten – wenn sie wüssten, wie viele menschliche Hoffnungen und Ängste es gibt; wie viel menschliche Absicht und menschliche Verzweiflung; wie viel Freude und wie viel Elend diese Säcke enthalten; wenn sie das Stöhnen hören könnten, das sich in der Leinwand ausdrückt; Wenn sie wüssten, zu welchem unterschiedlichen Zweck all diese Briefe geschrieben wurden und welche unterschiedlichen Wirkungen sie hervorrufen sollen; Wenn unsere Postboten all diese Dinge oder nur die Hälfte davon wissen und fühlen könnten, gäbe es in Kürze überhaupt keine Postboten mehr. Aber zum Glück gibt es genug prosaische Seelen auf der Welt, um daraus alle notwendigen Postagenten und Postmeister, Bestatter und Totengräber zu machen.

In dem kleinen Postbeutel, der an einem Dezembermorgen im Gerichtsgebäude abgeworfen wurde, befand sich ein kleines Päckchen New Yorker Briefe – insgesamt drei Briefe, aber an diesen drei Briefen hing das Glück mehrerer Menschenleben. Von einem davon werden wir vorerst nichts erfahren. Die anderen beiden, von Robert Pagebrook bis zu seinem Onkel und Miss Barksdale, durften wir bereits lesen. Als diese bei Shirley eingingen, nahm Miss Sudie ihre mit in ihr Zimmer und las sie dort vor. Danach setzte sie sich hin und beantwortete sie. Col. Barksdale las es ohne Überraschung, da er sich keine mögliche Erklärung für Roberts Verhalten vorstellen konnte; Und da dieser Herr nun offen gestand, dass es keine gab, akzeptierte er das Geständnis als Beweisstück in dem Fall, auf das er lediglich aus Formsache gewartet hatte. Es war nun seine Pflicht, noch einmal mit seiner Nichte zu sprechen, aber er war immer sehr zärtlich im Umgang mit ihr und empfand eine besondere Zärtlichkeit jetzt, da sie offenbar sehr leiden musste. Er erkundigte sich ruhig, wo sie sei, und als er erfuhr, dass sie sich in ihrem eigenen Zimmer befand, verzichtete er darauf, sie selbst zu rufen, und gab ihrer Zofe besondere Anweisungen, um niemand anderem zu gestatten, unter irgendeinem Vorwand in ihre Privatsphäre einzudringen.

„Lucy", sagte er zu der farbigen Frau, „Ihre Miss Sudie möchte eine Weile allein sein . Setzen Sie sich in den Flur neben ihrer Tür, aber klopfen Sie nicht und lassen Sie niemanden klopfen . Wann Sie möchte jemanden sehen, sie wird die Tür selbst öffnen, und bis dahin möchte ich nicht, dass sie gestört wird.

Dann ging er ins Esszimmer, wo Dick das Mahagoni mit einem großen Stück Kork polierte, und sagte:

„Dick, geh ins Büro und frag deinen Master Billy, ob er so freundlich ist, zu mir in die Bibliothek zu kommen. Ich möchte mit ihm reden."

Als Billy hereinkam, zeigte ihm sein Vater Roberts Brief.

„Das Ding sieht sehr hässlich aus", sagte der jüngere Herr.

„In der Tat sehr hässlich", sagte sein Vater; „Aber der verdammte Schlingel hält trotz alledem seinen Kopf hoch und verhält sich in Sudies Fall so ehrenhaft, als hätte er sich nie anders verhalten, als es ein Gentleman tun sollte. Er gibt mir ein Rätsel. Aber damit muss die Sache natürlich erledigt sein." . Wir können von nun an nichts mehr mit ihm zu tun haben."

„Aber wie kommt es, Vater, dass sie es geschafft haben, ihn einzusperren?"

„Ich gehe davon aus, dass sie einen Haftbefehl nach dem New Yorker Gesetz erwirkt haben, der anscheinend dazu gedacht war, den Gläubigern alle Vorteile einer Haftstrafe für Schulden zu sichern, ohne das bessere Gemeinwohl der Gemeinschaft zu erschüttern, die eindeutig gegen eine solche Haftstrafe ist." . Die Mehrheit der Menschen achtet selten auf diese Tatsache, solange ihnen der Name abscheulicher Dinge erspart bleibt. In den Vereinigten Staaten dürfte es natürlich kein Schuldgefängnis geben, aber die gewöhnlichen Gefängnisse erfüllen alle Zwecke Es wurde ein Weg gefunden, die Schuldner darin einzusperren."

„Aber wie kommt es, Vater", fragte Mr. Billy, „dass nur New York ein solches Gesetz hat?"

„Nun, in New York haben die kommerziellen Interessen Vorrang vor allen anderen, und Kaufleute messen der Eintreibung von Schulden natürlich unangemessene Bedeutung bei und betrachten alles mit Wohlwollen, was dazu beiträgt, dies zu erleichtern. Diese Dinge spiegeln immer eher das Gefühl als die Meinung eines Gemeinschaft. In neuen Ländern, in denen Pferde wichtiger sind als alles andere, wird Pferdediebstahl ziemlich sicher mit dem Tod bestraft, entweder durch das Gesetz oder durch den Pöbel, der nur die öffentliche Meinung verkörpert. Hier in Virginia wissen Sie, wie unmöglich Es geht darum, so etwas wie ein wirksames Gesetz zur Unterdrückung von Duellen zu erlassen, einfach weil die öffentliche Meinung die persönliche Kriegsführung praktisch gutheißt. Aber ich gestehe, ich wusste nicht, dass das New Yorker Gesetz auf einen Fall wie den von Robert ausgeweitet werden könnte . Soweit ich weiß, muss es zu Beginn der Transaktion Hinweise auf Betrug geben."

„Ich glaube, sie stützen sich auf eidesstattliche Erklärungen", sagte Billy, „und wenn das erledigt ist, ist es nicht schwer, den Fall zu klären, wenn der Anwalt skrupellos genug ist."

„Das stimmt. Aber ist es nicht merkwürdig, dass Edwin so schnell zu harten Maßnahmen schritt? Er ist so sanftmütig, dass mich das überrascht."

„Cousin Edwin verkörpert nicht immer seinen eigenen Charakter, wissen Sie, Vater. Seine Frau ist die willensstärkere von beiden."

„Stimmt. Daran hatte ich nicht gedacht. Aber es tut dem jungen Schlingel recht."

An diesem Punkt des Gesprächs war das Klopfen von Cousine Sudie an der Innentür zu hören, und Col. Barksdale öffnete die Außentür und sagte:

„Du gehst besser durch diese Tür, William. Es wäre Sue peinlich, dich gerade hier anzutreffen."

„Komm rein, meine Tochter", sagte er und ließ Miss Sudie zu . „Setzen Sie sich. Es schmerzt mich sehr, sowohl seine als auch Ihretwegen, dass Robert keine Erklärung zu bieten hat. Aber damit ist natürlich alles vorbei, und Sie müssen eine kleine Reise irgendwohin machen, mein Lieber, bis Du vergisst alles. Wohin sollen wir gehen?"

„Ich habe keine Lust, irgendwohin zu gehen, Onkel Carter", antwortete das kleine Mädchen, ohne den leisesten Anklang eines Schluchzens in ihrer Stimme. „Der arme Robert tut mir leid, aber nicht, weil ich ihn irgendeiner unehrenhaften Handlung für schuldig halte, denn das tue ich in der Tat nicht."

„Aber, meine Liebe, das wird niemals funktionieren –"

„Bitte erhöre mich, Onkel Carter, und dann werde ich auf alles hören, was du zu sagen hast. Ich liebe dich als Vater, wie du ganz genau weißt. Tatsächlich habe ich dich nie als etwas anderes gekannt. Ich habe dir immer bedingungslos gehorcht." , und ich werde jetzt nicht anfangen, dir ungehorsam zu sein. Ich werde genau das tun, was du mir sagst, *solange ich in deinem Haus bleibe* .

„Was meinst du damit, Tochter?" fragte ihr Onkel, erschrocken über die besondere Betonung, die Miss Sudie dem letzten Satzteil gab.

„Nur das, Onkel Carter. Ich kann nicht zustimmen, etwas zu tun, von dem mein Gewissen mich lehrt, dass es ein Verbrechen ist, nicht einmal auf deinen Befehl hin; aber solange ich als Tochter des Hauses in Shirley bleibe, muss ich als Tochter gehorchen. Wenn du es mir befiehlst." etwas zu tun, was ich nicht tun kann, ohne gegen mein Gewissen zu sündigen, dann darf ich dir nicht gehorchen, und wenn ich dir nicht gehorchen kann, muss ich aufhören, deine Tochter zu sein. Ich werde dir nichts verheimlichen, Onkel Carter; du weißt das, und ich flehe dich an, befiehl mir nicht, die Dinge zu tun, die ich nicht tun darf. Ich liebe dich und es würde mich umbringen — nein, das würde es nicht tun, aber es würde mich mehr schmerzen, als ich jemals sagen kann Verlass Shirley.

Oberst Barksdale stützte traurig seinen Kopf auf seine Hand. Er liebte dieses Mädchen und hielt sie für sich. Darüber hinaus hatte er seinem sterbenden Bruder feierlich versprochen, sich immer um sie zu kümmern, wie ein Vater sich um seine Kinder kümmert, und ein Eid hätte in seinen Augen nicht heiliger sein können als dieses Versprechen. Ohne den Kopf zu heben , fragte er:

„Du meinst, Sudie , dass du Roberts Freilassung nicht akzeptieren wirst?"

„Ja, Onkel, das meine ich." Dies wurde traurig und sanft gesagt, aber auch bestimmt.

„Er hat angeboten, dich freizulassen; nicht wahr?"

"Ja."

„Und hat er mit diesem Angebot den Wunsch geäußert oder angedeutet, dass Sie seine Freilassung nicht annehmen sollten?"

„Nein. Im Gegenteil, er ging davon aus, dass ich es annehmen würde und dass ich es aus Gerechtigkeit gegenüber mir selbst tun müsste. Hier ist sein Brief. Lesen Sie ihn bitte."

Col. Barksdale las den Brief, der dem Leser bereits bekannt ist, und gab ihn zurück und sagte:

„Ein sehr anständiger und männlicher Brief."

„Weil es von einem sehr anständigen und männlichen Mann kam", sagte Miss Sudie .

„Sie glauben also nicht, dass er sich der ihm zur Last gelegten unehrenhaften Taten schuldig gemacht hat?"

„Von den Taten, ja. Von der Schande, nein", sagte das Mädchen.

„Auf welcher Grundlage gründen Sie Ihre anhaltend gute Meinung über ihn?"

„Auf mein beharrliches Vertrauen in ihn."

„Dein Glaube ist sehr unvernünftig, meine Liebe."

„Vielleicht ja, aber es existiert trotzdem."

„Haben Sie seinen Brief beantwortet?"

„Ja, Sir; und ich habe meine Antwort mitgebracht, damit Sie sie lesen können, wenn Sie Lust dazu haben", sagte sie, nahm ihren Brief aus ihrem Schreibtisch, der in ihrem Schoß lag, und gab ihn ihrem Onkel, der ihn las wie folgt:

„ MEIN LIEBER ROBERT : – Ihr Brief überrascht mich nicht im Geringsten. Ich wusste, dass Sie mir anbieten würden, mich aus meiner Verlobung zu entlassen, weil ich wusste, dass Sie ein Ehrenmann sind. Daran habe ich nie einen Moment gezweifelt, und ich Zweifeln Sie jetzt nicht daran. Ihr Charakter wiegt für mich mehr, als es bloße Tatsachen können. Ich weiß, dass Sie ein ehrenhafter Mann sind, und ich weiß, dass ich nicht zulassen werde, dass die Zweifel anderer Menschen zu diesem Thema mein Handeln bestimmen. Als ich Ihren Worten zugehört habe der Liebe und gab ihnen einen Platz in meinem Herzen', du warst, wie du sagst, ,ein Gentleman ohne Vorwurf'; und der Vorwurf, der jetzt auf dir liegt, macht dich nicht weniger zu einem Gentleman. Es ist ein ungerechter Vorwurf, und Deine Männlichkeit, mit der du es erträgst und bereit bist, seine Konsequenzen zu akzeptieren, dient nur dazu, dich noch deutlicher als Gentleman zu kennzeichnen. Soll ich weniger ehrenhaft, weniger furchtlos treu sein als du? Als ich dir mein Herz gab und dir meine Hand versprach, hast du es getan Freunde in Hülle und Fülle. Jetzt, wo du keine hast, habe ich keine Ahnung, ob ich das Geschenk oder das Versprechen zurückziehen soll.

„ Du sagst, dass du deinen Namen niemals von dem Fleck befreien kannst, der jetzt darauf ist. Das tut mir in deinem Namen von ganzem Herzen leid, aber da ich weiß, dass der Fleck nicht richtig dorthin gehört, wird es meine Pflicht und meine Freude, ihn zu tragen." Ich werde meinen Glauben an dich und meine Liebe zu dir bewahren und sie auch bei allen geeigneten Gelegenheiten bekennen, und wenn du mich als deine Frau beanspruchst, werde ich Mrs. Robert Pagebrooks Kopf genauso stolz hochhalten wie jetzt Halten Sie Susan Barksdale's.

„Unter anderen Umständen hätte ich es für ungebührlich gehalten, auf diese Weise zu schreiben, aber jetzt darf es keinen Zweifel mehr an meiner Absicht geben. Wenn Sie jemals eine Befreiung von Ihrem Versprechen verlangen, mit oder ohne Grund, vertraue ich darauf, dass Sie mich gut genug kennen Wisse, dass es gewährt wird — aber von meinem Versprechen werde ich nichts verlangen. Ein weiterer Grund für die Offenheit dieses Briefes ist, dass ich möchte, dass du in deiner Not weißt, wie bedingungslos ich auf deine Ehre vertraue; und ich sollte ihr auf keinen Fall vertrauen ein Brief in allen, außer den saubersten Händen.

„Onkel Carter wird das sehen, bevor es losgeht, und er wird wissen, was er auch tun sollte, dass ich von Ihrer angebotenen Freilassung keinen Gebrauch gemacht habe …"

Die ausgelassenen Sätze, mit denen der Brief endete, sind nicht für unsere Augen. Sogar Oberst Barksdale weigerte sich, sie zu lesen, da er der Meinung war, dass sie heilig seien und dass die ihm erteilte Erlaubnis, den Brief zu lesen, nicht über das Ende des Satzes hinausginge, der zuletzt im obigen Auszug aufgeführt war.

das Blatt zurückgab , sagte er: „Ich nehme an, dass du das geschrieben hast, nachdem du die Angelegenheit gründlich überlegt hast, Tochter?"

„Ich handle nie, ohne zu wissen, was ich tue, Onkel Carter."

„Nun, mein Kind, ich denke, du liegst falsch, aber ich werde dich nicht bitten, etwas zu tun, was dein Gewissen verurteilt. Ich werde dich nicht bitten, deinen Brief zurückzuhalten oder ihn zu ändern, aber ich würde es vorziehen, wenn du ihn bis dahin zurückhältst Morgen, damit Sie ganz sicher sein können, dass Sie es so senden möchten, wie es ist. Würde es Ihnen etwas ausmachen, das zu tun?"

„Nein, Onkel Carter. Ich werde es bis morgen behalten, wenn du möchtest, aber ich werde meine Meinung darüber nicht ändern. Du bist sehr gut zu mir. Danke." Sie küsste ihn auf die Stirn und verließ ihn, nicht um in ihr Zimmer zurückzukehren, wie es eine sentimentalere Frau getan hätte, sondern um ihren täglichen Pflichten nachzugehen, zwar mit nüchternem Gesicht, aber mit der gewohnten Regelmäßigkeit und Aufmerksamkeit Geschäft.

KAPITEL XXVI.

In dem Miss Sudie die sokratische Methode anwendet.

Als Miss Sudie ihn verließ, schickte Col. Barksdale erneut seinen Sohn und erzählte ihm von der unvernünftigen Entschlossenheit dieser jungen Frau.

„Das habe ich erwartet, Vater, und ich bin überhaupt nicht überrascht", sagte der junge Mann.

„Warum, mein Sohn? Hattest du die Sache mit ihr besprochen?"

„Nein. Aber ich kenne Sudie zu gut, um von ihr zu erwarten, dass sie ihren Glauben an Bob aufgibt, während er in Schwierigkeiten steckt und auch in Schwierigkeiten steckt. Sie hat einen mächtig guten Kopf auf ihren Schultern; aber was ist der Kopf einer Frau wert, wenn ihr Herz zieht Andersherum? Sie setzt sich so kühl über ihre eigene Vernunft hinweg, als ob sie gar nichts wert wäre, und stellt die aller anderen mit größter Gleichgültigkeit aus dem Weg. Ich kenne sie von früher. Sie hat meinen Teil auf diese Weise übernommen, wann auch immer ich geriet in eine knabenhafte Krise, und bevor sie damit fertig war, überzeugte sie mich und alle anderen immer davon, dass ich nichts getan hatte, wofür ich mich schämen müsste. Tatsache ist, Vater, das gefällt mir an Sudie . Sie ist die wahrste kleine Frau Ich habe es je gesehen, und sie klebt an ihren Freunden wie Hammelfleischsoße am Gaumen", sagte Billy, der selbst in einer solchen Zeit nicht in der Lage war, seine Leidenschaft für seltsame Metaphern zu zügeln.

„Das ist gewiss ein edler Charakterzug", sagte der alte Herr; „Aber gerade aus diesem Grund müssen wir tun, was wir können, um sie davon abzuhalten, sich dem edlen Glauben an einen unwürdigen Mann zu opfern. Finden Sie nicht auch?"

„Ohne Zweifel. Aber was können wir tun? Du sagst, du fühlst dich nicht frei, sie zu kontrollieren."

„Wir können wenigstens unsere Pflicht erfüllen. Ich habe mit ihr gesprochen, und jetzt möchte ich, dass du das Gleiche tust. Sie wird das Gespräch nicht scheuen, denke ich, denn sie ist ein mutiges Mädchen."

„Ich werde sehen, was ich tun kann, Vater", sagte der junge Mann. „Vielleicht kann ich sie überreden, die Sache auf sich beruhen zu lassen, zumindest vorerst, und selbst das wird ein Gewinn sein."

Col. Barksdale hatte Recht mit seiner Annahme, dass Miss Sudie einem Gespräch mit Billy nicht aus dem Weg gehen würde. Im Gegenteil, sie wollte diesem jungen Herrn besonders etwas sagen und suchte ihn zu diesem Zweck im Büro auf. Er und sie waren als Bruder und Schwester erzogen worden, und jetzt, da sie erwachsene Männer und Frauen waren, herrschte zwischen ihnen kein Gefühl der Zurückhaltung.

„Cousin Billy", sagte sie und setzte sich neben ihn, „ich möchte mit dir über Robert reden. Ich möchte dich, wenn du lässt, an deine Pflicht ihm gegenüber erinnern."

„Was ist Ihrer Meinung nach meine Pflicht in diesem Fall, Sudie ?" fragte Billy.

„Um ihn zu verteidigen", sagte Miss Sudie .

„Aber wie kann ich das angesichts der Tatsachen tun, Sudie ?"

„Sie glauben also, dass Robert Pagebrook , den Sie gut kennen, die ihm zur Last gelegten unehrenhaften Dinge getan hat?"

„Nun", sagte Billy, der sich auf einen solchen Angriff kaum vorbereitet fühlte, „ich gestehe, ich hätte ihm nie zugetraut, so etwas zu tun."

„Warum hättest du nie gedacht, dass er dazu in der Lage wäre, Cousin Billy?"

„Na ja, denn er schien immer ein so ehrenhafter Kerl zu sein", sagte Billy.

„Du hast ihn also für ehrenhaft gehalten?" fragte diese junge Sokrates-Frau.

das wissen Sie Sudie .

„Worauf hast du diesen Glauben gestützt, Cousin Billy?"

„Na ja, auf seine Art, Dinge zu tun, natürlich auf mein Wissen über ihn;" antwortete Billy.

„Nun, ist das Wissen über ihn jetzt wertlos?" fragte Sudie .

"Wie meinen Sie?"

„Ich meine, wiegt Ihr Wissen über Robert jetzt nichts mehr? Sind Sie bereit, auf der Grundlage unvollständiger Beweise zu glauben, dass Robert Pagebrook , von dem Sie wissen, dass er ein ehrenhafter Mann war, jetzt kein ehrenwerter Mann ist? Wiegt sein Charakter für Sie nichts?" Glauben Sie, dass sich sein Charakter verändert hat, oder halten Sie es für möglich, dass er diesen Charakter simuliert und es so perfekt gemacht hat, dass er uns alle getäuscht hat? Scheint es nicht wahrscheinlicher, dass in dieser Angelegenheit ein Fehler vorliegt? Kurz gesagt, wie können Sie Robert etwas für schuldig halten, von dem Sie genau wissen, dass er es für seinen Kopf nicht tun würde? Wenn Sie es nicht geglaubt hätten, warum glauben Sie es dann?"

Mr. Billy war fassungslos. Er war auf Tränen vorbereitet. Er hatte erwartet, in Sudie einen unvernünftigen Glauben zu finden. Er hatte auf eine hartnäckige Entschlossenheit ihrerseits gehofft, ihrem Vorhaben treu zu bleiben. Aber auf diese Art unlogischer Logik hatte er keinerlei Vorbereitung getroffen. Es war ihm nie in den Sinn gekommen, dass Miss Sudie sich ernsthaft verpflichten würde, die Angelegenheit zu diskutieren. Die Aussage gegen Robert hatte er als unbestreitbar akzeptiert, und er hatte nicht erwartet, dass Miss Sudie sie auf diese Weise in Frage stellen würde.

„Aber, Cousine Sudie , du übersiehst die Tatsache, dass Robert genau das gestanden hat, was du für unwahrscheinlich hältst."

„Nein, er hat nichts dergleichen gestanden. Tatsächlich scheint er es sorgfältig vermieden zu haben. In seinem Brief an Onkel Carter sagt er lediglich: ‚Ich kann die mir vorgeworfenen Tatsachen weder leugnen noch erklären.' Zu mir sagt er nur: „Ein Fleck ist auf meinem Namen." Er sagt nirgends: ‚Ich bin schuldig.'"

„Aber, Sudie ", sagte Billy, „wenn er nicht schuldig ist , warum kann er dann nicht entweder ‚Leugnung oder Erklärung' anbieten?"

„Das weiß ich nicht; aber es fällt mir nicht halb so schwer zu glauben, dass es dafür gute Gründe geben könnte, wie zu glauben, dass ein ehrenhafter Mann – ein Mann, von dem wir beide wissen, dass er ein ehrenhafter Mensch ist – das getan hat eine unehrenhafte Sache."

„Aber, Sudie , warum hat sich Bob nicht das Geld von Vater oder mir geliehen, wenn er ehrlich gesagt nicht zahlen konnte? Er wusste, dass wir es ihm gerne leihen würden."

„Ich bin froh, dass Sie das erwähnt haben. Wenn Robert jemanden hätte betrügen wollen, wie viel einfacher wäre es für ihn gewesen, Ihnen oder Onkel Carter zu schreiben, dass er nicht zahlen könne, und Sie zu bitten, seinen protestierten Wehrdienst anzunehmen." Er wusste, dass du es getan hättest, und dann hätte er sein Ziel ohne Aufdeckung erreichen können. Fast jede Ausrede hätte dich oder Onkel Carter zufrieden gestellt, und so wäre die Sache jahrelang weitergegangen. Hätte er es nicht getan? Genau das, Cousin Billy, wenn er jemanden hätte betrügen wollen? Männer begehren nicht oft einen schlechten Ruf um seiner selbst willen."

„Natürlich, Sudie , ich gewinne bei diesem Argument das Schlimmste. Du bist ein besserer Sophist, als ich dir jemals zugetraut habe. Aber es ist schwer zu glauben, dass Schwarz weiß ist. Ich werde dir jedoch sagen, was ich tun werde." , Sudie . Ich werde mein Möglichstes tun, um zu glauben, dass es eine schwache Möglichkeit gibt, dass Fakten keine Fakten sind, und ich werde mich, soweit ich kann, bereit halten, zu glauben, dass bei Bob etwas auftauchen könnte Wenn etwas auftauchen würde, wäre ich genauso froh wie jeder andere."

„Aber damit bin ich nicht zufrieden, Cousin Billy."

„Was fragst du noch, Sudie ?“

„Dass Sie sich bereit halten, zu helfen, etwas aufzudecken, wann immer sich eine Gelegenheit bietet. Halten Sie Ausschau nach Dingen, die möglicherweise einen Bezug zu dieser Angelegenheit haben könnten, und gehen Sie jedem Hinweis nach, den Sie erhalten. Wollen Sie das nicht tun?“ Mein Gott, Cousin Billy?

„Ich würde alles für dich tun, Sudie , und ich würde hundert Dollar für deinen Glauben geben.“

Und so endete das Gespräch. Man muss zugeben, dass Mr. Billy wenig zur Erfüllung der Aufgabe beigetragen hatte, die er sich gestellt hatte. Aber wie er es selbst ausdrückte: „Was um alles in der Welt sollte ein Mensch mit einem Glauben anfangen, der aus Unmöglichkeiten unbestreitbare Wahrheiten machte und Fakten wie eine Herde Rebhühner vor sich herstreute?“ Mr. Billy war sich der Unvernünftigkeit von Miss Sudies Logik vollkommen bewusst, und doch konnte er trotz allem nicht umhin, eine Art halbe Hoffnung zu hegen, dass etwas passieren würde, um Robert zu rechtfertigen – eine Hoffnung, die aus nichts Wesentlicherem als Miss Sudies begeisterter Überzeugung entstand in ihrem Geliebten.

KAPITEL XXVII.

Herr Pagebrook nimmt eine Einladung zum Mittagessen und eine weitere Einladung an.

Am Morgen nach Roberts Inhaftierung kam sein Anwalt zur vereinbarten Zeit, um die Papiere vorzubereiten, mit denen der Antrag auf seine Entlassung gestellt werden sollte.

„Ich glaube, ich habe alle eidesstattlichen Erklärungen parat, Mr. Pagebrook , und wir müssen nur noch eine vollständige Liste Ihres Eigentums erstellen."

„Das wird leicht zu bewerkstelligen sein, Sir", sagte Robert mit einem Gefühl grimmiger Belustigung; „da ich buchstäblich nichts außer meinem Koffer und seinem Inhalt habe."

„Sie haben bei dieser Bank Ihren Anspruch auf eingezahltes Geld. Ich nehme an, das muss berücksichtigt werden, obwohl es nur eine *Wahl* in Aktion ist."

„O leg es auf jeden Fall rein", sagte Robert. „Ich möchte nichts falsch darstellen oder etwas zurückhalten. Ich wünschte nur, dass die *Auserwählten* in Aktion, wie Sie es nennen, von ausreichendem Wert wären, um die Schulden zu begleichen. Dann würde ich hier frei von allen Schulden aufhören, außer Ihnen gegenüber für Ihre Gebühr; und sollte diese Sache nicht bezahlen müssen.'

„Ich denke, Ihre Entlassung wird Sie rechtlich von … befreien"

„Aber es wird mich nicht in Ehren befreien, Sir. Es wird mir jedoch Zeit geben; und die allererste Nutzung dieser Zeit wird darin bestehen, das Geld zu verdienen, mit dem ich diese, meine einzige Schuld, abbezahlen kann. Das sollte ich niemals tun." Bitten Sie überhaupt um eine Entlastung, wenn die Bitte meinerseits einen Zweck meinte, die Zahlung der Schulden zu vermeiden. Verzeihung, diese Rede muss für Sie seltsam klingen, da sie von einem Mann in meiner gegenwärtigen Situation kommt. Ich habe vergessen, dass ich ein flüchtiger Schuldner bin . Sie werden meinen, meine Rede sei eine billige Art von Ehrlichkeit, die nichts kostet."

„Nein, Pagebrook – wenn Sie mir gestatten, das ‚Mister' wegzulassen – ich sollte Ihnen bei jeder Transaktion vertrauen, obwohl ich Sie eine Woche lang nicht gekannt habe. Ich glaube nicht, dass Sie ein flüchtiger Schuldner sind, und das bin ich auch nicht Ich werde es auf der Grundlage aller Eide der Herren Steel, Flint & Sharp glauben. Während er dies sagte, ergriff der junge Anwalt Roberts Hand, und Robert war völlig außerstande, ein Wort als Antwort herauszubringen. Er wollte in Gegenwart seiner Gefängniswärter keine Tränen vergießen, aber der Anwalt sah sie in seinen Augen stehen und unterdrückte jeden Versuch einer Antwort, indem er sich sofort der Sache zuwandte.

„Komm, Pagebrook ", sagte er, „das ist kein Geschäft. Lass mich sehen, bei welcher Bank hast du eingezahlt?"

„Der Essex", sagte Robert.

„Der Essex!" sagte der Anwalt. „Was habe ich heute Morgen in der Tribune über diese Bank gesehen? Ich glaube, es war die Essex. Mal sehen;" Er ließ seinen Blick über die Spalten der Zeitung schweifen, die er aus seiner Tasche genommen hatte.

„Ah! Hier ist es. Von George! Mein lieber Pagebrook , ich gratuliere Ihnen. Ihre Bank wurde wieder aufgenommen. Sehen Sie, hier ist der Artikel:

„' PHILADELPHIA, 3. DEZEMBER. – Die Essex Bank dieser Stadt, die vor einigen Wochen ihre Zahlungen eingestellt hat, wird morgen ihre Geschäfte wieder aufnehmen. Auf einer Aktionärsversammlung wurde festgestellt, dass sich ihre Geschäfte in einem sehr günstigen Zustand befinden Das Defizit seiner Aktiva wurde gedeckt und sein Kapital durch Zeichnung ausgeglichen. Es wird nicht angenommen, dass es zu einem Ansturm auf die Aktie kommen wird, aber es wurden umfangreiche Vorbereitungen getroffen, um einem solchen Fall gerecht zu werden."

„ Ich gratuliere Ihnen noch einmal , ganz herzlich."

„Das bedeutet also, dass meine sechzehnhundert Dollar – das war der Gesamtbetrag meiner Einzahlung – intakt sind und ich sie jederzeit abgleichen kann, nicht wahr?"

"Sicherlich."

„Dann lassen Sie uns unsere Vorbereitungen für meine Freilassung aussetzen. Ich werde aus diesem Betrag bezahlen, anstatt zu betteln. Ich werde sofort genug abheben, um diese Schulden und Ihre Gebühren zu decken, und Sie bitten, den Wechsel zur Einziehung auf die Bank zu legen. Wir werden zweifellos übermorgen zurückkommen, und dann werde ich mit erhobenem Kopf von hier weggehen.

„Wir werden diese Angelegenheit früher beenden, Pagebrook ", sagte der Anwalt. „Zeichnen Sie Ihren Wechsel, ich unterschreibe ihn, bringe ihn zur Bank, wo ich ihn einzahle, lasse ihn sofort einlösen und schicke Sie pünktlich zum Mittagessen um zwei Uhr hier raus. Sie werden natürlich mit mir zu Mittag essen." Kurs."

„Entschuldigen Sie, aber Sie wissen nicht, dass ich Geld auf dieser Bank habe", sagte Robert.

„Ja, das habe ich tatsächlich.“

"Was ist es?"

„Dein Wort. Ich habe dir gesagt, dass ich dir vertrauen würde.“

Robert sah den Mann einen Moment lang an, dann nahm er seine Hand und sagte:

„Ich nehme Ihr Vertrauen offen an. Vielen Dank. Zeichnen Sie bitte den Entwurf, und ich werde ihn unterschreiben.“

Der Entwurf wurde bald ausgelost, und um zwei Uhr an diesem Tag – nur vierundzwanzig Stunden nach seiner Verhaftung – setzte sich Robert mit seinem Freund zum Mittagessen in ein Restaurant in der Innenstadt.

Während die beiden Herren mit ihrem Mittagessen beschäftigt waren, erspähte Roberts Freund Dudley, der am anderen Ende des Raumes ein Kotelett gegessen hatte, seinen Bekannten, und als er auf ihn zukam, sagte er:

„Wie geht es Ihnen, Pagebrook ? Sind Sie für heute Nachmittag speziell verlobt?“

„Nein, ich glaube nicht“, sagte Robert. „Ich habe nichts zu tun, außer einen Artikel fertigzustellen, den ich Ihnen morgen anbieten möchte, und das kann ich heute Abend tun.“

„Angenommen, Sie kommen nach dem Mittagessen ins Büro. Ich möchte mit Ihnen reden.“

„Ich werde innerhalb einer halben Stunde dort sein, wenn es Ihnen passt“, sagte Robert.

„Sehr gut, ich erwarte dich.“

Dementsprechend verabschiedete sich Robert nach dem Mittagessen von seinem Freund und ging sofort in das Zimmer des Redakteurs.

Mr. Dudley schloss die Tür und sagte zunächst zu seinem Boten, der im Vorzimmer saß;

„Ich werde einige Zeit beschäftigt sein, Eddie, und kann niemanden sehen. Wenn jemand anruft, sagen Sie ihm, dass ich wegen einer wichtigen Angelegenheit mit einem Gentleman zusammen bin und niemanden sehen kann. Nun, Pagebrook “, fuhr er fort und nahm seinen Platz ein , „Du solltest mit dem Unterrichten aufhören.“

"Warum?" fragte Robert.

„Nun, Sie sind auf jeden Fall ein geborener Schriftsteller, und wenn ich mich nicht sehr irre, auch ein geborener Journalist. Sie haben ein Gespür dafür, genau zu wissen, worüber die Leute etwas hören wollen. Das ist mir in jedem Ihrer Artikel aufgefallen." Ich habe für mich geschrieben, und zwar besonders in diesem letzten. Wissen Sie, dass ich nicht weniger als ein Dutzend gut geschriebener Artikel zu genau diesem Thema abgelehnt habe, nur weil sie jede Phase davon bis auf die richtige behandelt haben und dies nicht getan haben? Kommen Sie bis auf eine Meile davon. Jetzt haben Sie es genau getroffen, wie Sie es immer tun. Sie haben genau die Dinge in der Hand, von denen niemand etwas weiß und über die jeder alles wissen möchte, und das ist Journalismus.

„Danke", sagte Robert. „Sie glauben also wirklich, dass ich ein erfolgreicher Journalist werden könnte, wenn ich es versuchen würde?"

„Ich weiß, dass Sie das tun würden. Sie haben genau die richtigen Ideen. Sie unterscheiden zwischen den Dingen, die gewollt sind, und den Dingen, die nicht gewollt sind. Ich habe schon vor langer Zeit herausgefunden, dass das, was Männer Schreibfähigkeit und journalistische Fähigkeit nennen, nicht so ist." irgendetwas anderes. Es kommt dort zum Vorschein, wo du nie danach suchen würdest, und wo du denkst, dass es sein sollte, ist es nicht. Du kannst es nicht überreden oder pflegen, um dein Leben zu retten. Wenn ein Mann es hat, hat er es , und wenn er es nicht hat, hat er es nicht, und niemand kann es ihm geben. Es ist nicht ansteckend, und ich glaube ehrlich, dass es nicht erwerbbar ist. Und deshalb bin ich mir Ihrer Meinung sicher. Sie' Wir haben bewiesen, dass Sie es haben, und eine Vorstellung ist so gut wie hundert."

„Ich freue mich sehr", sagte Robert, „zu wissen, dass Sie in dieser Hinsicht eine so gute Meinung von mir haben, denn ich habe meine Professur niedergelegt und bin entschlossen, in Zukunft meinen Weg als Journalist nach besten Kräften fortzusetzen?" "

"Du hast?"

„Ja, ich habe gestern mein Kündigungsschreiben abgeschickt."

„Ich freue mich von ganzem Herzen darüber, alter Freund, und auch von selbstsüchtiger Freude, denn um dich dazu zu überreden, habe ich mich hingesetzt, um mit dir zu reden. Du siehst, mein Gesundheitszustand ist in letzter Zeit nicht sehr gut; Tatsache ist, dass ich Ich habe den Sporn zu oft benutzt und bin von Überarbeitung ziemlich erschöpft. Die Verleger haben mich gedrängt, einen Assistenten zu bekommen, und das Problem besteht darin, jemanden zu finden, der mir wirklich einen Teil der Arbeit abnehmen kann. Ich kann bekommen Es gibt viele Leute, die es übernehmen, aber ich muss ihre Arbeit durchgehen, um sicherzugehen, und es ist einfacher, es von Anfang an selbst zu machen. Jetzt sind Sie genau der Mann, den ich will,

wenn Sie das Gehalt aushalten. Die Verleger Ich zahle vierzig Dollar pro
Woche. Ich schätze, man kann von außen mehr verdienen, aber es ist besser,
in einer normalen Situation zu sein, denke ich. Wie würde es Ihnen gefallen,
das Ding auszuprobieren?"

„Nichts könnte mehr nach meinem Geschmack sein. Ich denke, das würde
mir besser gefallen als die tägliche Papierarbeit, und außerdem bietet es einem
eine bessere Chance, sich weiterzuentwickeln. Aber bevor wir weiter darüber
reden, fühle ich mich verpflichtet, Ihnen zu sagen, was." ist mir in letzter Zeit
passiert. Wenn Sie dann Lust haben, Ihr Angebot zu wiederholen, werde ich
es gerne annehmen, aber wenn Sie auch nur das geringste Zögern verspüren,
werde ich Ihnen keinen Vorwurf machen, dass Sie es nicht erneuert haben.

Und Robert erzählte ihm alles, aber Dudley weigerte sich zu glauben, dass es
einen gerechten Grund für die Verhaftung gegeben hatte oder dass Robert
in irgendeiner Weise gegen die strengsten Ehrenregeln verstoßen hatte.

Dieser junge Mann schien tatsächlich die Kunst perfekt zu beherrschen, die
Menschen trotz der schädlichsten Tatsachen zum Glauben an ihn zu
bewegen. Miss Sudies Vertrauen in ihn schwankte keinen Augenblick. Sogar
Billy musste ständig eine Zusammenfassung der Beweise gegen seinen
Cousin im Kopf behalten, um nicht zu glauben, dass er nicht durch Glas
sehen konnte, wie er es ausdrückte. Der New Yorker Anwalt, der vorgeladen
wurde, um den jungen Mann aus dem Gefängnis zu holen, untermauerte, wie
wir gesehen haben, sein Vertrauen in ihn, indem er seinen Wechsel über
mehrere hundert Dollar unterstützte; und nun tat Dudley, nachdem er eine
klare Darlegung der Tatsachen aus Roberts eigenen Lippen gehört hatte, sie
als bedeutungslos ab und stellte seinen eigenen unvernünftigen Glauben als
vollständige Antwort darauf dar. Er erneuerte sein Angebot, und Robert
nahm es an und wurde Chefredakteur der Wochenzeitung, für die er kürzlich
geschrieben hatte.

KAPITEL XXVIII.

Major Pagebrook behauptet sich.

Für ein richtiges Verständnis dieser Geschichte ist es nun notwendig, dass wir ein oder zwei Tage zurückgehen, nämlich bis zu dem Tag, an dem Roberts Briefe in Shirley eingingen. Ich sagte, in dem Postsack, der an diesem Morgen im Gerichtsgebäude abgeworfen wurde, befanden sich drei Briefe aus New York. Der dritte Brief, auf den dort Bezug genommen wurde, stammte von der Anwaltskanzlei Steel, Flint & Sharp. Es war an Edwin Pagebrook , Esq., gerichtet und fiel ganz zufällig in die Hände dieses Herrn. Ich sage aus Versehen, denn Cousine Sarah Ann hatte ungewöhnliche Vorkehrungen getroffen, um genau dieses Ergebnis zu verhindern. Nachdem sie den Anwälten geschrieben hatte, kam dieser geschätzten Dame der Gedanke, dass eine Antwort zu gegebener Zeit kommen würde und dass die Antwort, da sie sich die Freiheit genommen hatte, den Namen ihres Mannes in ihren Brief zu unterschreiben, eher an ihn als an sie gerichtet sein würde. und sie fürchtete sehr, dass er Gelegenheit haben würde, es zu lesen. Sie wünschte sich insbesondere, dass dies nicht passieren sollte. Sie kannte ihren sanftmütigen und langmütigen Ehemann genau, und obwohl sie sich frei fühlte, ihn auf verschiedene Arten zu quälen, hatte sie aus ein oder zwei kleinen Erfahrungsstücken gelernt, dass es nicht klug war, seine Ausdauer auf die Probe zu stellen zu weit. Dementsprechend bemühte sie sich, ihn daran zu hindern, das Gerichtsgebäude zu besuchen, während sie auf den Brief wartete. Sie schmiedete verschiedene Pläne, um ihn jeden Tag auf der Plantage zu beschäftigen, und sorgte dafür, dass der Diener als Erster einen Blick in den Postbeutel der Familie werfen konnte, wenn er damit zurückkam. An dem fraglichen Morgen jedoch, als Maj. Pagebrook über seine Plantage ritt und die Arbeit inspizierte, traf er einen Nachbarn, der zum Gerichtsgebäude ging, und da er dort ein paar Kleinigkeiten zu erledigen hatte, beschloss er, sich dem Nachbarn anzuschließen Fahrt. Bei seiner Ankunft verlangte er nach seinen Briefen, und so kam es, dass die Notiz, in der die Herren Steel, Flint & Sharp ihn gemäß seinen Anweisungen „darum baten, ihn über Roberts Verhaftung zu informieren", in seine Hände fiel. Zuerst war er verwirrt und dachte, dass es sich um einen Fehler handeln musste, aber nach einer Weile dämmerte ihm ein Schimmer der Wahrheit, und auf seine unterdrückte Art war er überaus wütend. Er hatte Roberts Fehlverhalten so scharf verurteilt wie jeder andere, hatte aber nie im Traum daran gedacht, in dieser Angelegenheit zu harten Maßnahmen zu greifen. Außerdem war Roberts Überweisung von einhundert Dollar erst am Tag zuvor bei ihm eingegangen, und als er den Empfang bestätigte, hatte er seinen Groll teilweise dadurch befriedigt, dass er seinem Cousin sagte, „ was er von ihm hielt", und das erfuhr er nun Der junge Mann saß wegen dieser

Schuld im Gefängnis und war ihm offenbar auf sein Geheiß zutiefst unzufrieden. Und was noch schlimmer war: Seine Frau hatte sich in dieser Angelegenheit eine ungerechtfertigte Freiheit herausgenommen, und er beschloss, dies zu verübeln. Er bestieg daher sein Pferd und wollte gerade nach Hause gehen, als Dr. Harrison ihn ansprach.

„Guten Morgen, Maj. Pagebrook . Darf ich Sie kurz sprechen?"

„Guten Morgen, Charles."

„Wurde ein Verwalter für Ewings Nachlass ernannt?"

„Nein, noch nicht. Ich schätze, ich muss die Papiere am nächsten Gerichtstag ausholen, da er volljährig war, als er starb. Es ist nur eine Frage der Form, schätze ich, da es keine Schulden gibt."

„Nun, mein einziger Grund zu fragen ist, dass ich Ewings Schein über zweihundertfünfundzwanzig Dollar besitze. Ich habe es nicht eilig, ich wollte nur regelmäßig handeln und ihn durch Vorlage auf Vordermann bringen."

„Sie haben Ewings Notiz? Warum, wofür ist sie?" fragte Major Pagebrook erstaunt.

„Geliehenes Geld", antwortete der Arzt.

„Geliehenes Geld? Aber wie kam er dazu, es sich zu leihen?"

„Nun, Tatsache ist, dass Ewing eines Tages, kurz bevor er krank wurde, mit Foggy bluffen musste, und Foggy ihn ziemlich geschröpft hat, und ich habe ihm das Geld geliehen, um es auszuzahlen. Er wollte es nicht Foggy schulden, Du weisst."

„Haben Sie den Zettel dabei?" fragte Maj. Pagebrook .

„Nein. Es ist in meinem Büro; aber ich kann es besorgen, wenn Sie es sich ansehen möchten."

„Nein, das ist egal, wenn du mir das Datum verraten kannst."

„Es trägt das Datum 19. November, glaube ich."

„Nur einen Tag nach seiner Volljährigkeit", sagte Maj. Pagebrook . „Nun, ich werde das sehen, Charles", und damit trennten sich die beiden Herren.

Major Pagebrook ritt nach Hause und dachte über die Ereignisse des Morgens nach. Er hatte beschlossen, künftig sein eigenes Geschäft zu führen, ohne unzulässige Einmischung seitens seiner Frau zu dulden, und er war auch in der Lage, dies zu tun, außer im Hinblick auf die Heimatplantage, die, wie Ewing Robert mitgeteilt hatte, festgehalten wurde Der Name von Cousine Sarah Ann. Major Pagebrook war ein ruhiger und langmütiger Mann. Nichts gefiel ihm so sehr wie der Frieden, und um diesen Frieden zu bewahren, hatte er sich immer der aggressiveren Natur seiner Frau hingegeben. Doch nun hatte er das Gefühl, dass es für ihn an der Zeit sei, seine Vormachtstellung in Geschäftsangelegenheiten zu behaupten, und er beschloss, diese ganz ruhig, aber sehr positiv zu behaupten. Für diesen Zweck war ein Punkt so gut wie der andere, dachte er, und diese neu entdeckte Schuld Ewings gab ihm eine hervorragende Gelegenheit für die Selbstbehauptung, die er sich vorgenommen hatte. In letzter Zeit hatte er Cousine Sarah Ann mehrere Male sanft nahegelegt, dass es angebracht sei, Ewings Papiere zur Prüfung in Billy Barksdales Hände zu legen, damit die Angelegenheiten des Jungen ordnungsgemäß und rechtlich geregelt werden könnten. Auf jeden solchen Vorschlag hatte Cousine Sarah Ann, die den Schlüssel zu Ewings tragbarem Schreibtisch trug, ein taubes Ohr gehabt und gesagt, dass es auf die eine oder andere Weise keine Schulden gäbe und dass sie „niemanden zulassen würde, der die Privatpapiere des armen Jungen überprüft". ." Jetzt jedoch hatte Major Pagebrook beschlossen, den Schreibtisch in Billys Hände zu legen, ohne die Zustimmung der hervorragenden Dame einzuholen.

„Nimm mein Pferd nicht, Jim", sagte er zu seinem Diener, als er zu Hause ankam, „ich werde gleich wieder reiten. Binde ihn einfach an den Ständer, bis ich ihn will."

Als er das Haus betrat, traf er Cousine Sarah Ann, zu der er sagte:

„Sarah Ann, ich werde meine eigenen Briefe schreiben und mich künftig um meine eigenen Geschäfte kümmern, und ich werde Ihnen danken, dass Sie meinen Namen nicht noch einmal für mich unterschreiben. Sie haben mich in eine sehr unangenehme Lage gebracht, und ich kann es nicht erklären." gegenüber irgendjemandem, ohne Sie bloßzustellen. Verstehen Sie mich jetzt bitte. Ich werde in Zukunft keine solche Einmischung dulden."

Normalerweise wäre Cousine Sarah Ann bereit gewesen, auf eine solche Bemerkung wie diese zu antworten, aber gerade jetzt fürchtete sie sich ziemlich vor dem Ton und der Art ihres Mannes. Sie erkannte auf den ersten Blick, dass es ihm sehr ernst war, und sie kannte ihn gut genug, um zu wissen, dass es nicht genügen würde, ihn noch weiter zu provozieren. Sie hatte immer Angst vor ihm, auch wenn sie ihn mit Füßen getreten hatte. Wenn er am unterwürfigsten und sie am aggressivsten wirkte, pflegte sie, sein Gesicht sehr sorgfältig zu prüfen, so wie ein Ingenieur seinen Dampfanzeiger beobachtet. Wenn sie Dampf aufsteigen sah, hatte sie normalerweise das Sicherheitsventil – eine Flut von Tränen – sofort einsatzbereit. Gerade sah sie Anzeichen einer Explosion, die sie entsetzte, und sie wagte es keinen Moment, sich der Gefahr zu stellen. Ohne Antwort ließ sie sich daher weinend auf den nächsten Stuhl sinken, während ihr Mann in ihr Zimmer ging, ihren Kleiderschrank öffnete und das kleine Pult herausnahm, in dem die Briefe und Papiere seines Sohnes eingeschlossen waren. Als er zu ihr zurückkam, sagte er:

„Ich nehme bitte den Schlüssel zu diesem Schreibtisch.“

Sie blickte mit ängstlicher Miene auf und fragte:

"Wozu?"

„Ich möchte den Schreibtisch öffnen.“

„Was wirst du damit machen?“

„Ich werde es in die Hände meines Anwalts legen.“

„Dann warte. Ich muss mir erst einmal die Papiere ansehen.“

„Nein, Billy wird das tun.“

„Aber da sind einige von mir drin, private.“

„Das spielt keine Rolle. Billy wird sie sortieren und dir deine zurückgeben.“

„Aber er soll meine Papiere *nicht* einsehen.“

„Gib mir den Schlüssel, Sarah Ann.“

„Ich kann nicht. Es ist verloren.“

„Also gut“, sagte er, zog sein Messer aus der Tasche, brach das zerbrechliche Schloss auf und verließ ohne ein weiteres Wort das Haus.

"SEHR GUT, DANN."

Cousine Sarah Ann war völlig überwältigt. Sie wusste, dass ihr Mann die Antwort auf ihren Brief erhalten hatte, die sie selbst erhalten wollte, und sie wusste auch, dass ihre Herrschaft über ihn zu Ende war, zumindest vorerst. Noch schlimmer war, dass sie wusste, dass der Schreibtisch und sein Inhalt unweigerlich in die Hände von Billy Barksdale gelangen würden, und sie hatte ihre eigenen Gründe zu der Annahme, dass dies für sie das größtmögliche Leid sei. Es gab jetzt jedoch keine Hilfe mehr, und sie konnte nichts anderes tun, als sich auf ihr Bett zu werfen und Tränen der bitteren Demütigung, des Ärgers und der Angst zu vergießen.

galoppierte Major Pagebrook mit dem Schreibtisch unter dem Arm zu Shirley. Das bereits berichtete Gespräch zwischen Billy und Miss Sudie war kaum mehr als beendet, als er abstieg und das Büro des jungen Anwalts betrat.

Er eröffnete sein Geschäft, indem er Billy von der Notiz erzählte, die Dr. Harrison besaß.

„Ich verstehe es nicht", sagte er. „Harrison sagt, die Notiz sei vom 19. November datiert, also nur einen Tag nach Ewings Volljährigkeit, und ich

erinnere mich, dass Ewing am Morgen seines Geburtstages krank wurde –
sehr krank, wie Sie wissen, und sein Bett danach nie mehr verließ. "

„Wann war Ewing das letzte Mal im Gerichtsgebäude?" fragte Billy.

„Nicht seit dem Tag, an dem Robert gegangen ist."

„Hat er Harrison Geld geschuldet, von dem Sie wissen?"

„Nein; aber Harrison sagt, dass Foggy so viel von ihm gewonnen hat und
dass er einen Kredit aufnehmen musste, um es zu bezahlen."

„Sind Sie jedoch sicher, dass Ewing nach seiner Volljährigkeit unmöglich die
Möglichkeit hatte, die Notiz zu unterschreiben?"

„ Natürlich konnte er das nicht. Er war von Anfang an im Delirium und wir
haben ihn nie verlassen."

„Ich glaube, ich sehe, wie es ist", sagte Billy. „Foggy und Charley Harrison
sind zu intim, um ehrliche Geschäfte zu machen. Ich schätze, Charley war
genauso sehr an den Gewinnen interessiert wie Foggy, aber sie haben Ewing
dazu gebracht, den Schuldschein an Charley über das geliehene Geld
auszufertigen, um Foggy zu bezahlen, damit es legal war." Gut. Sie ließen ihn
auch das Datum im Voraus festlegen, sodass es den Anschein erweckte, als
wäre es ausgeführt worden, nachdem Ewing volljährig geworden war. Sie
haben seine Krankheit nicht vorhergesehen, und sie haben nicht daran
gedacht, Daten zu vergleichen. Ich denke, wir können sie schlagen Diesmal,
wenn sie sich bereit machen, zu klagen.

„Aber wir dürfen nicht zulassen, dass sie klagen, Billy", sagte Major
Pagebrook . „Ich würde niemals zustimmen, mich auf die Baby-Aktion zu
berufen oder mich durch irgendwelche rechtlichen Streitereien davon zu
lösen, wenn die Unterschrift echt ist, was meiner Meinung nach der Fall ist.
Das wäre nicht ehrenhaft. Nein, ich werde die Rechnung begleichen; und ich
Ich möchte nur wissen, ob ich es Ewings Nachlass anrechnen muss oder
nicht, nachdem ich die Verwaltungspapiere herausgenommen habe. Wenn
ich kann, sollte ich es tun, um den anderen Kindern gerecht zu werden. Wenn
ich es nicht kann, muss ich es selbst bezahlen. Sehen Sie nach Bitte lassen Sie
es mich wissen. Ich habe Ihnen Ewings Schreibtisch mitgebracht, damit Sie
alle seine Papiere durchsehen und sich für mich um alle seine
Angelegenheiten kümmern können. Ich möchte alles klarstellen. Mit diesen
Worten verabschiedete er sich.

KAPITEL XXIX.

Mr. Barksdale, der Jüngere, geht auf eine Reise.

Erst am nächsten Morgen fand Mr. Billy Zeit, die Papiere in Ewings Schreibtisch zu prüfen. Tatsächlich hielt er die Angelegenheit selbst damals für sehr unbedeutend, da die Papiere, was auch immer sie sein mochten, wahrscheinlich keine rechtliche Bedeutung hatten, da sie zwangsläufig das Werk eines Minderjährigen waren. Dort könnten jedoch Memoranden und möglicherweise ein Testament zur Verfügung über persönliches Eigentum vorliegen, das nach dem Recht von Virginia gut wäre, wenn es von einem Minderjährigen über achtzehn Jahren ausgeführt würde.

Angesichts dieser Möglichkeiten machte sich Billy daher an die Aufgabe, die ohnehin recht zahlreichen Papiere zu prüfen. Nach einer Weile interessierte ihn die Vielfalt des Sortiments. Dort befanden sich kleine Notizen – über das Datum, an dem ein Pferd beschlagen worden war; des Betrags, der für ein neues Paar Stiefel gezahlt wurde; von den Zeiten, in denen der Junge Briefe an seine Freunde geschrieben hatte, und von hundert anderen unwichtigen Dingen. Es gab auch Fragmente dürftiger Verse, wie sie bei fast jedem Jungen auf dem Schreibtisch zu finden sind. Alte Briefe voller Nichts waren in Hülle und Fülle vorhanden, aber nichts, was für irgendjemanden von Wert sein könnte. Auf allen Briefen, bis auf einen, stand in Ewings Handschrift: „Im Falle meines Todes ohne Lektüre verbrannt werden." Die eine Ausnahme erregte Billys Aufmerksamkeit, und als er das Buch öffnete, war er überrascht, dass Robert Pagebrooks Name daran angehängt war. Tatsächlich handelte es sich um den Brief, den Cousine Sarah Ann während der letzten Krankheit ihres Sohnes geöffnet hatte. Nachdem er es gelesen hatte, setzte sich Mr. Billy zum Nachdenken. Dann blickte er auf die Uhr, ging zur Tür und rief einen Diener.

„Gehen Sie und bitten Sie Ihre Miss Sudie , zwei oder drei Hemden und ein paar Socken und Taschentücher für mich in meine Tasche zu stecken, und dann gehen Sie und sagen Polidore , er soll Graybeard und den Braunen satteln und sich bereit machen, mit mir zum Gerichtsgebäude zu gehen direkt. Hörst du?"

Der Diener antwortete nicht auf die Frage, mit der Mr. Billy seine Rede beendete. Tatsächlich erwartete dieser Herr nichts. Virginianer fragen immer: „Hören Sie?" wenn sie den Bediensteten Anweisungen geben und nie eine Antwort bekommen oder erwarten. Ohne die Frage würden sie jedoch nie die Aufmerksamkeit auf die Anweisung lenken. Zu sagen: „Mach das und das", ohne hinzuzufügen: „Hörst du?" wäre die größtmögliche

Wortverschwendung für jeden, der einem durchschnittlichen Hausdiener Virginias einen Befehl erteilt.

Mr. Billy pflegte aus geschäftlichen Gründen die Angewohnheit, spontane Reisen zu unternehmen, ohne der Familie auch nur die geringste Warnung zu geben, mit Ausnahme der Bitte, seinen Schulranzen oder seine Satteltaschen zu packen, so dass Miss Sudie nicht im Geringsten überrascht war, als seine Die aktuelle Botschaft erreichte sie. Sie war jedoch überrascht, als er, anstatt wie gewöhnlich ohne ein Wort des Abschieds davonzureiten, ins Haus kam und sie zärtlich küsste und sagte:

„Behalte deine Stimmung, Sudie , und lass dich nicht zu sehr beunruhigen. Ich fahre mit dem Zwei-Uhr-Zug nach Richmond und weiß nicht, wie lange ich weg sein werde. Auf Wiedersehen, kleines Mädchen", und er küsste sie erneut. Das alles war ziemlich untypisch, fand Miss Sudie . Billy war immer freundlich genug, aber er verabscheute Abschiede und vermied sie immer, wenn er konnte. Es war ihm völlig unähnlich, nach einem solchen zu suchen, und Miss Sudie war verwirrt, was ihn dazu bewogen hatte, dies bei dieser besonderen Gelegenheit zu tun. Er ritt jedoch davon, ohne irgendeine Erklärung abzugeben.

Mr. Billy ging nach Richmond, wie er es angekündigt hatte, aber er blieb keine Stunde dort. Er ging zum Kassierer einer Bank, einem Herrn, den er gut kannte, bekam von ihm ein Empfehlungsschreiben an einen prominenten Mann in Philadelphia und fuhr mit dem ersten Zug in diese Stadt.

Als Mr. Billy am nächsten Tag gegen neun Uhr in Philadelphia ankam, frühstückte er hastig und machte sich auf den Weg zu dem kleinen College-Institut, an dem Robert einst Professor gewesen war, wie sich der Leser erinnern wird. Er stellte sich Präsident Currier vor, bat um ein privates Gespräch und wurde zu diesem Zweck in Dr. Curriers inneres Büro eingeladen.
„Ich glaube, Doktor", sagte er, nachdem er dem Herrn erzählt hatte , wer er war, „dass Professor Pagebrook zu dem Zeitpunkt, als seine Verbindung zu diesem College endete, etwas von seinem Gehalt zu zahlen hatte , nicht wahr?"
„Ja, Sir. Wenn ich mich recht erinnere, waren ihm etwa dreihundert Dollar zustehen, aber ich glaube, es wurde bezahlt."
„Können Sie irgendwie genau feststellen, wie und wann?" fragte Billy.
„Ja, mein eigenes Briefbuch sollte angezeigt werden. Mal sehen", blätterte er die Blätter um, „Ah, hier ist er. Ein Wechsel über den Betrag wurde ihm am 8. November per Brief zugesandt, adressiert an – Court." House, Virginia.
„Danke", sagte Billy. „Der Draft war, nehme ich an, ein regulärer New York Exchange?"

"Natürlich."

„Würde es Ihnen etwas ausmachen, mir zu sagen, bei welcher Bank Sie es gekauft haben und an wessen Auftrag es ursprünglich zahlbar gemacht wurde? Verzeihen Sie, dass ich solche Fragen stelle, aber ich brauche diese Informationen, um sie für die Sache der Gerechtigkeit zu verwenden."

„ Oh , Sie brauchen sich nicht zu entschuldigen, das versichere ich Ihnen, Sir", erwiderte der Präsident. „Ich habe in dieser Angelegenheit nichts zu verheimlichen. Der Entwurf wurde von der Susquehanna Bank erstellt und entspricht, glaube ich, meiner Anweisung. Ja, ich erinnere mich, dass ich ihn befürwortet habe."

„Danke, Sir", sagte Billy. „Sie sind sehr höflich, und ich bin Ihnen für Informationen zu Dank verpflichtet, die ich aus anderer Quelle nur schwer hätte bekommen können. Guten Morgen, Sir."

Mr. Billy verließ das College, das in einem Vorort lag, nahm eine Kutsche und fuhr in die Stadt. Dort übergab er sein Empfehlungsschreiben und ließ sich von dem Herrn, an den es adressiert war, persönlich dem Kassierer der Susquehanna Bank vorstellen. Zu letzterer Person sagte er:

„Ich suche in einem Fall nach Beweisen, und wenn ich mich nicht sehr irre, können Sie mir dabei helfen, ein Unrecht richtigzustellen. Am achten des letzten Monats haben Sie einen Wechsel in New York für dreihundert Dollar verkauft, Zahlbar an David Currier. Im normalen Geschäftsverlauf gehe ich davon aus, dass Ihnen dieser Wechsel nach der Zahlung zurückgegeben wurde."

„Ja, wenn es vor dem Ersten des Monats bezahlt wurde. Wir rechnen einmal im Monat mit unseren New Yorker Korrespondenten ab. Ich schaue mir den letzten Stapel zurückgegebener Schecks an und sehe nach."

„Vielen Dank. Wenn möglich, würde ich mich freuen, die Vermerke auf dem Papier zu sehen."

Der Kassierer ging zum Tresorraum und als er mit einem großen Bündel entwerteter Schecks zurückkam, fand er bald den gesuchten. Billy drehte es um und untersuchte die Vermerke auf der Rückseite. Dann wandte er sich an den Bankier und fragte:

„Wäre es für mich möglich, vorübergehend in den Besitz dieses Wechsels zu gelangen, indem ich den Nennbetrag bis zu seiner Rückgabe bei Ihnen hinterlege?"

„Sie wünschen es lediglich als Beweismittel?" fragte der Bankier.

„Das ist alles", sagte Billy.

„Dann können Sie es ohne Anzahlung annehmen, Mr. Barksdale. Es hat jetzt keinen Wert mehr, aber normalerweise behalten wir unseren stornierten

Umtausch, daher bin ich dankbar, wenn Sie es zurückgeben, wenn Sie damit fertig sind.“

Dies war genau das, was Robert nach Philadelphia bringen wollte, und nachdem er herausgefunden hatte, welche Vermerke auf dem Entwurf standen, hätte er, wenn das nötig gewesen wäre, bereitwillig den Preis bezahlt, um ihn in Besitz zu nehmen.

Wer weiß, welchen Wert eine kleine Schrift hat, auch wenn ihr Zweck allem Anschein nach vollständig geklärt ist? Ich kenne ein großes Handelshaus, in dem es ein unerbittliches Gesetz ist, dass kein Stück Papier, auf dem einmal geschäftlich geschrieben wurde, jemals zerstört werden darf, so wertlos es auch erscheinen mag; und bei mehr als einer Gelegenheit wurde die Weisheit der Regel auf eindrucksvolle Weise deutlich gemacht. So war es auch mit diesem bezahlten, stornierten und zurückgegebenen Wechsel. In allen Augen außer ihm wertlos, war es für Billy weitaus wertvoller, als wenn es frisch und neu gewesen wäre und an seinen eigenen Orden gezahlt worden wäre.

KAPITEL XXX.

Der jüngere Mr. Barksdale bittet darum, seinen Eid zu leisten.

Es war fast Mittag, als der Zug, der Billy Barksdale aus Philadelphia zurückbrachte, am Gerichtsgebäude hielt, und dieser junge Herr ging vom Bahnhof sofort zum Gerichtssaal, wo, wie er wusste, das Bezirksgericht tagte.

„Wurde die Grand Jury schon eingesetzt?" Er fragte den Anwalt des Commonwealth.

„Ja; es ist gerade erst ausgegangen, aber wie üblich gibt es nichts zu tun, daher wird es in etwa einer Stunde oder so melden, dass keine Rechnungen vorhanden sind, schätze ich."

„Dann lass mich schwören und es vorher schicken", sagte Billy. „Ich denke, ich kann es so ausdrücken, dass ich etwas zu tun finde."

Der Beamte war erstaunt, doch er verlor keine Zeit, der eher einzigartigen Bitte nachzukommen. Billy ging vor die Grand Jury und blieb dort eine beträchtliche Zeit. Dies war in jeder Hinsicht ein sehr ungewöhnliches Ereignis und löste schnell große Aufregung im und um das Gebäude aus. In dieser ruhigen Grafschaft gab es für große Geschworene selten etwas zu tun, und wenn es etwas gab , hing es normalerweise von einer öffentlich bekannten und diskutierten Sache ab. Jeder wusste im Voraus, worum es ging, und das wahrscheinliche Ergebnis war leicht vorherzusagen. Jetzt war jedoch alles ein Rätsel. Ein prominenter junger Anwalt war vereidigt und auf eigenen Wunsch vor die Grand Jury geschickt worden, und die lange Zeit, während der er dort festgehalten wurde, zerstreute wirksam den zunächst vorherrschenden Glauben, dass er lediglich die Vorlage eines fahrlässigen Weges sicherstellen wollte Aufseher. Sogar der Anwalt des Commonwealth schaffte es nicht, klug genug auszusehen, während er dort saß und sich den Bart strich, um irgendjemanden glauben zu lassen, er wisse, was los sei. Die Minuten waren sehr lang. Die Aufregung breitete sich bald über das Gerichtsgebäude hinaus aus, und alle im Dorf gingen mit unterdrückter Neugier auf Zehenspitzen. Der Gerichtssaal war überfüllt, als Billy leise aus der Wohnung der Grand Jury kam und seinen Platz in der Bar einnahm, als wäre nichts Außergewöhnliches passiert.

Es trug sicherlich nicht dazu bei, die Aufregung zu mildern, als der diensthabende Hilfssheriff an der Tür des Geschworenenzimmers dem Anwalt des Commonwealth winkte und dieser Herr drei Stufen auf einmal die Treppe hinaufstieg und in der Kammer verschwand, die dem Geheimnis gewidmet war Untersuchung und Verbleib dort. Als eine halbe Stunde später Major Edwin Pagebrook gerufen, vereidigt und als Zeuge vorgeladen wurde, begannen wilde Gerüchte über ein geheimes Verbrechen unter den besseren

Klassen frei in der Menge zu kursieren, begannen aus dem Nichts und nahmen allmählich konkrete Formen an, während sie sich von dort aus verbreiteten zu einem anderen der eifrigen Dorfbewohner.

Die Aufregung war nun in ihrer Intensität geradezu schmerzhaft, und sogar der Richter selbst begann ruhelos auf dem für die Richterbank vorgesehenen Platz hin und her zu laufen.

Als Major Pagebrook mit niedergeschlagenem Gesicht aus dem Zimmer kam, ging er sofort nach Hause, und Rosenwater , ein Kaufmann im Dorf, wurde gerufen. Als er herauskam, wurden erhebliche Anstrengungen unternommen, um ihm das Geheimnis zu entlocken. Er war sich jedoch seines Eides bewusst und weigerte sich, etwas zu sagen.

Schließlich marschierten die Mitglieder der Grand Jury langsam die Treppe hinunter und stellten sich vor den Schreibtisch des Gerichtsschreibers.

„Befragen Sie die Grand Jury", sagte der Richter. Als diese Zeremonie vorbei war, formulierte das Gericht die Frage, die jeder im Gebäude stundenlang im Geiste gestellt hatte.

„Meine Herren der Grand Jury, haben Sie irgendwelche Vorträge zu halten?"

„Das haben wir, Euer Ehren", antwortete der Vorarbeiter.

„Lesen Sie den Bericht der Grand Jury, Mr. Clerk."

Der Beamte stand auf und las laut vor, nachdem er ganz bedächtig seine Brille zurechtgerückt hatte:

„Wir, die Grand Jury, stellen am oder um den zehnten November dieses Jahres Dr. Charles Harrison und James Madison Raves wegen Urkundenfälschung und wegen einer Verschwörung zum Betrug von Edwin Pagebrook in den Zuständigkeitsbereich dieses ehrenwerten Gerichts ."

Die Menge war ziemlich fassungslos. Niemand wusste oder konnte erraten, was es bedeutete. Der Staatsanwalt war der Erste, der das Wort ergriff.

„Als gesetzlicher Vertreter des Commonwealth beantrage ich, dass das Gericht einen Haftbefehl gegen Charles Harrison und James Madison Raves ausstellt, und ich bitte darum, dass die Grand Jury angewiesen wird, in ihr Zimmer zurückzukehren und ihre Anklagen in die richtige Form zu bringen." ."

Der Sheriff übernahm die Obhut der beiden Männer, denen während ihrer Anwesenheit im Gericht ein Verbrechen vorgeworfen wurde.

„Wenn der Anwalt des Commonwealth in diesem Fall keine weiteren Anträge zu stellen hat", sagte der Richter, „wird das Gericht eine Pause

einlegen, um Zeit für die ordnungsgemäße Vorbereitung der Anklage zu
haben.“

„Möge es dem Gericht gefallen“, sagte der angesprochene Beamte, „ich muss
nur darum bitten, dass Euer Ehren den Sheriff anweist, die beiden
Gefangenen während der Pause zu trennen. Ich weiß nicht, dass dies
notwendig ist, aber es könnte dazu beitragen, weiterzuhelfen.“ die Interessen
der Gerechtigkeit.“

„Das Gericht sieht keinen Grund, den Antrag abzulehnen“, sagte der
Richter. „Herr Sheriff, Sie werden dafür sorgen, dass es Ihren beiden
Gefangenen nicht gestattet ist, sich in irgendeiner Weise miteinander zu
beraten, bis das Gericht wieder zusammenkommt, um vier Uhr.“

KAPITEL XXXI.

Herr William Barksdale erklärt.

Welche genauen Gefühle Dr. Harrison empfand, als er sich in den Händen des Sheriffs befand, wird wahrscheinlich niemand jemals erfahren, da dieser Herr in Angelegenheiten, die ihn persönlich betrafen, stets schweigsam war und im vorliegenden Fall im wahrsten Sinne des Wortes dumm war.

Bei Foggy war der Fall anders. Er war immer ein umsichtiger Mann. Er neigte nicht dazu, um abstrakter Prinzipien willen unnötige Risiken einzugehen. Er erhob keinen Anspruch auf den Besitz heldenhafter Tapferkeit unter Bedrängnis, und er hatte keinen besonderen Ruf wegen hochgeprägter Ehre, den er verlieren konnte. Der Griff des Gesetzes war für ihn eine unangenehme Angelegenheit, und er war bereit, ihm auf jedem ihm zugänglichen Weg zu entkommen. Diese Einstellung seinerseits war ein wichtiger Faktor bei dem Problem, das Billy lösen wollte. Er wusste, dass Foggy ein moralischer Feigling war, und der Erfolg seines Unternehmens hing zum Teil von seiner Feigheit ab.

Sobald das Gericht vertagt war, forderte der Anwalt des Commonwealth die Mitglieder der Grand Jury auf, es sich so bequem wie möglich zu machen, während er mit der Vorbereitung formeller Anklagen gegen die beiden Gefangenen beschäftigt sein sollte. Als er dann in sein Büro ging, schloß er sich mit Billy Barksdale zusammen, der ihm mit seiner Bitte dorthin vorausgegangen war.

„Du wirst mir bei dieser Strafverfolgung helfen, nicht wahr, Billy?" er hat gefragt.

„Mit dem besten Willen, den ich jemals zu einem Fischbraten aufbrachte", sagte Billy.

„Na dann", sagte der Anwalt, „erzählen Sie mir einfach, wie die Sache steht. Ich gestehe, ich bin völlig durcheinander. Beginnen Sie am Anfang und erzählen Sie die ganze Geschichte. Dann wissen wir, wo wir stehen und wie es weitergeht."

Dementsprechend erzählte Billy die Geschichte des protestierten Entwurfs; das Zahlungsversprechen; seine Nichterfüllung und die daraus resultierenden Probleme. Dann fuhr er fort:

„Mein Verdacht hinsichtlich der wahren Fakten des Falles wurde durch Zufall geweckt. Maj. Pagebrook befragte mich vor ein paar Tagen zu einer von Ewing Pagebrook unterzeichneten Notiz zugunsten von Charley Harrison, die ihm, wie Harrison sagte, zu diesem Zeitpunkt ausgehändigt worden war Er streckte Ewing Geld vor, mit dem er eine Spielschuld bei

Foggy begleichen sollte. Dieser Schein war offensichtlich vordatiert, da er das Datum vom 19. November trug, einen Tag nachdem Ewing seine Volljährigkeit erreicht hatte, als der Junge tatsächlich am 19. November erkrankte Am Morgen seines einundzwanzigsten Geburtstages verließ er sein Bett nicht mehr. Dies bestärkte mich in der Annahme, dass Foggy und Harrison bei ihren Glücksspielaktivitäten Verbündete waren. Sie beraubten den Jungen und ließen ihn sich dann von Harrison das Geld leihen, mit dem sie bezahlen wollten , und geben Sie eine Notiz dafür, um die Überlegung gut zu machen; und sie gaben sich Mühe, ihn dazu zu bringen, es im Voraus zu datieren, um die Minderheitsprobleme zu beseitigen. Dies allein hätte nichts bedeutet, wenn es nicht darüber nachgedacht hätte In Ewings Papieren fand ich dort einen Brief von Bob Pagebrook , von dem ich zufällig erfuhr, dass er ihn während Ewings Krankheit erhalten hatte. Hier ist es. Ich werde es lesen.

„‘ MEIN LIEBER EWING : – Ich kann Ihnen nicht sagen, wie traurig ich über die Nachricht bin, die mir Ihr Brief bringt. Ich kann es mir kaum leisten, die dreihundert Dollar zu verlieren, die ich Ihnen anvertraut habe , um sie Ihrem Vater zu übergeben, und selbst wenn Sie es tun Mach es gut, wenn du volljährig bist, wie du es mir so feierlich versprichst, aber ich bin diesbezüglich in einer sehr schwierigen Lage. Ich habe deinem Vater versprochen, ihm das Geld bis zu einem bestimmten Tag zu zahlen, und das habe ich auch getan Wie Sie wissen, war ich sehr erfreut, als ich bei meiner Ankunft im Gerichtsgebäude auf dem Weg nach Norden die Überweisung vorfand, die mich dort erwartete, da sie es mir ermöglichte, die Zahlung vor dem vereinbarten Zeitpunkt zu leisten. Als ich in meiner Eile Um den Zug zu erreichen, gab ich dir den Scheck, den du deinem Vater geben sollst. Ich verdrängte das Thema und machte mich leichten Herzens daran, mein Schicksal wieder in Ordnung zu bringen, ohne daran zu denken, dass die Dinge so ausgehen würden, wie sie gekommen waren.

„„Aber obwohl es mich zutiefst ärgert, dass mich dies in eine missliche Lage bringen könnte, bin ich bereit, meinen Ruf in Ihre Hände zu legen. Denken Sie daran, dass Sie jetzt zu Ehren verpflichtet sind und nicht nur dazu verpflichtet sind, dieses Geld sofort zu zahlen Sie sollen Ihre Volljährigkeit erreichen, mich aber auch vor unverdienter Schande schützen, indem Sie Ihrem Vater den Sachverhalt offen darlegen, falls er Zweifel an meiner Integrität hegt. Dazu sind Sie in jedem Fall ehrenhaft verpflichtet, und Sie haben mir auch Ihr Wort gegeben, dass Sie es tun werden. Wenn Ihr Vater geneigt zu sein scheint, zu denken, dass ich in der Zahlungsangelegenheit nicht übermäßig zögere, brauchen Sie ihm nichts zu sagen. Sie können sich diese Demütigung ersparen, schicken Sie mir das Geld, und Ich werde es an ihn zurückweisen und lediglich sagen, dass unvermeidbare Umstände, die ich nicht erklären kann, die frühere Zahlung, die ich leisten wollte, verhindert haben.

„„Aber als ich dem zugestimmt habe, Ewing, bin ich einzig und allein von dem Wunsch bewegt, dich vor der Schande und dem damit verbundenen Ruin zu schützen. Als ich dir das Geld für deinen Vater gab, war es eine heilige Treuhandschaft, und wenn du es für andere Zwecke umwandelst, wirst du es nutzen Sie haben mir nicht nur Unrecht getan, sondern Sie haben sich auch eines Verbrechens schuldig gemacht. Verzeihen Sie, wenn ich Klartext spreche, denn ich spreche nur zu Ihrem Wohl und ich spreche nur zu Ihnen. Ich möchte, dass Sie verstehen, wie furchtbar falsch und völlig unehrenhaft Ihre Tat war so, damit Sie sich nie wieder einer solchen schuldig machen. Ich bin nicht geneigt, Ihnen Vorwürfe zu machen, aber ich möchte Sie warnen. Sie sind der Sohn eines Edelmanns, und Sie haben kein Recht, Schande über den Vater Ihres Vaters zu bringen Name. Sie sollten nicht spielen, und wenn Sie spielen, haben Sie kein Recht, Ihre Ehre als Bezahlung für Ihre Verluste aufzugeben. Ich verspreche Ihnen, wie Sie es von mir verlangen, dass ich nicht sagen werde, was Sie getan haben; und Sie Ich weiß, dass ich unter keinen Umständen ein Versprechen breche. Aber indem ich dies verspreche, übergebe ich meinen eigenen Ruf in Ihre Obhut und vertraue darauf, dass Sie im Bedarfsfall Ihre Schuld offen eingestehen, damit es nicht den Anschein erweckt, als wäre ich weggelaufen aus einer Schuld, die ich tatsächlich beglichen habe.'

„Als ich diesen Brief las", fuhr Billy fort, „dämmerte es mir. Bob hatte Ewing sein Ehrenwort gegeben, ihn nicht bloßzustellen. Ewing war gestorben, bevor er das Geld gut machen konnte, und Bob, wie der Große." Er, der große, ehrenhafte, liebe alte Kerl, der er ist, ließ sich lieber ins Gefängnis begeben und den Ruf eines flüchtigen Schuldners ertragen, als sein Versprechen gegenüber dem toten Jungen zu brechen. Er zahlte das Geld auch noch einmal. Ich hatte natürlich einen Verdacht , dass Foggy und Charley Harrison irgendwie in die Angelegenheit verwickelt waren, insbesondere da der allerletzte Besuch, den Ewing jemals im Gerichtsgebäude machte, an dem Tag stattfand, an dem Bob wegging. Ich ging nach Philadelphia und fand dort den annullierten Entwurf, gezeichnet zugunsten von David Currier, indossiert an Robert Pagebrook und von ihm indossiert an Edwin Pagebrook . Dann folgte, wie Sie wissen, ein Indossat an James M. Raves, unterzeichnet mit „E. Pagebrook ". Das wurde natürlich von Ewing geschrieben, der auf Vorschlag dieser beiden Männer den Entwurf ihnen – oder einem von ihnen – übergab, indem er seinen eigenen Namen unterschrieb, der zufällig, wenn er nur mit dem Anfangsbuchstaben geschrieben wurde, der war das gleiche wie das seines Vaters. Foggy bestätigte es dann Harrison, und da er respektabel war, hatte er keine Schwierigkeiten, Rosenwater dazu zu bringen , es für ihn einzulösen. Es kam

Rosenwater natürlich nie in den Sinn, irgendeine der Unterschriften von Harrison in Frage zu stellen. Nun Meine Theorie ist, dass dieser Wechsel Ewings Verluste nicht um zweihundertfünfundzwanzig Dollar deckte; und so ließen die beiden sparsamen Herren den Jungen den Wechsel ausfertigen, den Harrison über diesen Betrag hatte, indem sie ihn im Voraus datierten und ihn gegen geliehenes Geld ausstellten. "

„Sie haben ohne Zweifel Recht, Barksdale", sagte der Anwalt des Commonwealth; „Aber wie bringen wir es einer Jury klar? Es gibt viele Beweise, auf die sich eine Anklage stützen lässt, aber ich fürchte, es gibt nicht genug, um eine Verurteilung herbeizuführen."

„Das stimmt", sagte Billy. „Aber wir müssen unser Bestes geben. Wenn wir nicht beide verurteilen können, können wir vielleicht einen verurteilen; und selbst wenn wir bei der Strafverfolgung völlig scheitern, werden wir zumindest die Schurken entlarven, und diese Grafschaft wird danach zu heiß für sie sein." Foggy zittert immer in den Knien, und wenn wir ihm auch nur eine halbe Chance geben, wird er die Aussage des Staates umdrehen. Warum ihn nicht zu diesem Thema befragen?"

Foggy brauchte tatsächlich nur sehr wenig Sound. Beim ersten Hinweis darauf, dass es Hoffnung für ihn geben könnte, wenn er sagen würde, was er wusste, legte er freiwillig ein Geständnis ab, das Billys Theorie auf den Punkt bestätigte. Auch aus seiner Aussage ging hervor, dass Harrison der Urheber des gesamten Plans war. Er hatte Ewings Skrupel überwunden und zwang ihn durch Drohungen zu einer praktischen Fälschung, indem er seinen eigenen Namen so schrieb, dass er den Anschein erweckte, er sei der seines Vaters. Während Foggy dabei war, machte er eine klare Bemerkung, erzählte alles über seine Partnerschaft mit Harrison im Glücksspielgeschäft und gab zu, dass der Zettel, den Harrison in der Hand hatte, vorausbestimmt und nur für eine Spielschuld ausgegeben worden sei.

in Foggys Fall eine *Nolle Prosequi* einzutragen und ihn bei der Verhandlung von der Gefangenenloge in den Zeugenstand zu verlegen.

Konferenz verließ, traf er Major Pagebrook an , der auf eine Gelegenheit wartete, mit ihm zu sprechen. Der Major war offenbar nach seiner Heimkehr ins Gerichtsgebäude zurückgekehrt.

„Billy", sagte er, „ich weiß jetzt von dem Brief von Robert an Ewing. Sarah Ann hat mir erzählt, dass sie ihn gelesen hat, als er kam. Was kann man dagegen tun?"

„Nichts", sagte Billy, „außer dass du Robert natürlich die zusätzlichen dreihundert Dollar zurückzahlen wirst, die er dir gezahlt hat."

„ Natürlich werde ich das tun. Aber ich meine – Tatsache ist, dass ich nicht möchte, dass dieser Brief im Prozess erscheint. Sie müssen sagen, woher Sie ihn haben, und er wird trotz allem herauskommen. dass Sarah Ann davon wusste.

„Nun, Cousin Edwin, was soll ich tun? Das war von Anfang bis Ende eine erbärmliche Angelegenheit. Der arme Bob hat durch Ewings Schuld schwer gelitten, und – ich muss es deutlich sagen – durch Cous – durch die Ungerechtigkeit Ihrer Frau. Nicht nur Er musste das Geld zweimal bezahlen, er wurde ins Gefängnis geschickt, und ohne einen glücklichen Zufall wäre sein Ruf als ehrenhafter Mann für immer zerstört worden, und das nur, um die kleinliche und unvernünftige Gehässigkeit Ihrer Frau gegen ihn zu befriedigen. Es wurde mein Es ist meine Pflicht, dieses Geheimnis zu lüften, um Bob von einer ungerechten und unverdienten Schande zu befreien. Dabei bin ich zufällig auf die Entdeckung eines Verbrechens gestoßen, und selbst wenn es nicht illegal wäre, bin ich nicht der Mann, der ein Verbrechen verschärft. Denn Es tut mir von ganzem Herzen leid, aber Ihre Frau erntet nur, was sie gesät hat. Ich würde alles Ehrenhafte tun, um Ihre Gefühle zu schonen, Cousin Edwin, aber ich kann in diesem Fall nicht umhin, auszusagen. Ich sehe es allerdings nicht genau wie Bobs Brief als Beweismittel verwendet werden kann. Wenn er allein ausgereicht hätte, um die Tatsachen zu beweisen, auf die er sich bezog, hätte ich ihn nutzen sollen, um Bob Recht zu geben, und die Sache wäre damit geendet. Aber Bobs Aussage war natürlich interessant, und ich befürchtete, dass nach einiger Zeit, wenn nicht sofort, Gerüchte diesen Punkt aufgreifen und sagen würden, die ganze Sache sei nur erfunden worden, um Bob reinzuwaschen. Ich wusste, dass er Ewings Brief, auf den er geantwortet hatte, niemals zeigen würde, und so machte ich mich daran, den Entwurf zusammenzusuchen. Ich sehe nicht ein, wie der Brief in der Verhandlung gut zur Geltung kommen kann, aber wenn es notwendig werden sollte, dass ich davon erzähle , muss ich natürlich alles darüber erzählen.

Major Pagebrook ging weg, den Kopf gesenkt, als läge eine schwere Last auf seinen Schultern, und Billy hatte tiefes Mitleid mit ihm. Diese Frau, die in ihrer grundlosen Bösartigkeit so viel Unrecht angerichtet und so viel Kummer über den guten alten Mann gebracht hatte, war seine Frau, und er konnte sich dieser Tatsache und ihren Folgen nicht entziehen. Er hatte noch nie in seinem Leben freiwillig etwas Unrechtes getan, und es kam ihm besonders schwer vor, dass er jetzt so schwer für die Sünden der Frau leiden musste, die er seine Frau nannte.

KAPITEL XXXII.

Welches ist auch das Letzte.

Nachdem Major Pagebrook gegangen war, bestieg Billy sein Pferd und galoppierte auf Shirley zu. Er hatte keine Lust, dort zu bleiben, bis das Gericht um vier Uhr wieder zusammenkam, da außer der formellen Vorlage der Anklagen durch die Grand Jury und der Verurteilung des Gerichts kaum noch Geschäfte gemacht werden konnten Gefangene müssen auf ihren Prozess warten.

Als er das Hoftor von Shirley betrat, erwartete ihn bereits sein Vater, der einige Zeit zuvor aus dem Gerichtsgebäude zurückgekehrt war.

„Ich habe es Sudie , meinem Sohn, nicht gesagt", sagte der alte Herr. „Es fiel mir schwer, den Mund zu halten, aber du hast diese Angelegenheit großartig gemeistert, mein Junge, und du solltest das Vergnügen haben, die Geschichte auf deine eigene Art zu erzählen. Geh ins Büro und ich schicke Sudie dorthin ." Du."

Miss Sudie war natürlich beunruhigt, als ihr Onkel ihr sagte, dass Billy sie sofort im Büro sehen wollte, indem er alles unterdrückte wie einen Ausdruck der Freude und es dabei schaffte, so ernst wie ein Todesurteil auszusehen. Aber Billys Blick, als sie eintrat, beruhigte sie. Er traf sie direkt hinter der Tür, nahm ihr Gesicht zwischen seine Hände und sagte:

„Ich bin so stolz und so froh wie ein Junge mit roten Marokko- Oberteilen an den Stiefeln, kleines Mädchen."

„Ich bin so stolz und so froh wie ein Junge mit roten Marokko-Oberteilen an den Stiefeln.“

„Was ist mit Cousin Billy?“ fragte Miss Sudie in einem Zittern der Unsicherheit.

„Weil ich die Pflicht erfüllt habe, die du mir gestellt hast. Ich habe ‚etwas aufgedeckt‘. Ich habe diesem lieben alten Schlingel Bob Pagebrook die Maske abgerissen und ihn in seinem wahren Gesicht gezeigt. Es ist einfach beschämend, wie er uns getäuscht hat, indem er uns glauben lässt, er sei ein flüchtiger Schuldner und all das, obwohl er Nichts dergleichen. Er ist genauso wahrhaftig wie – wie du. Das ist eine Redensart, die er gutheißen würde, wenn er sie hören könnte, und er wird es auch tun. Ich werde ihm heute Abend einen Brief schreiben, Ihm sagen, was ich von ihm halte.

Als sie sich hinsetzte, flatterte ein wenig in Miss Sudies Verhalten, weil sie nicht mehr in der Lage war, länger zu stehen.

„Erzähl mir bitte davon“, war alles, was sie sagen konnte.

„Nun, mit einem Wort, Bob geht es gut, mit einem großen Restbetrag. Er ist so gerade wie ein Brunnenseil, wenn der Eimer voll ist. Lassen Sie mich das im Voraus verstehen, und dann erzähle ich meine Geschichte."

Und damit begann Billy auf seine eigene Weise, der jungen Frau alles über den Besuch in Philadelphia und seine Ergebnisse zu erzählen. Als er fertig war, saß Miss Sudie einfach da, sah ihn an und lächelte unter Tränen, eine Dankbarkeit, die sie nicht in Worte fassen konnte. Als sie nach einer Weile ihre Stimme wiederfand , sagte sie einige Dinge, die Herrn Billy bei der Anhörung wirklich sehr angenehm gefielen.

Die Post am nächsten Tag enthielt drei Briefe an Herrn Robert Pagebrook . Was Miss Sudie in ihrem Brief gesagt hat, weiß ich nicht, und wenn ja, würde ich es nicht sagen. Col. Barksdale schrieb in würdevoller Weise, wie er es immer tat, wenn er besonders liebevoll sein wollte, wobei der Kern seines Briefes in dem Satz lag, mit dem er ihn eröffnete, nämlich:

„Ich wusste bis jetzt nicht, wie viel von deinem Vater in dir steckt."

Mr. Billys Brief würde jeder Comic-Zeitung ein Vermögen einbringen, wenn er veröffentlicht werden könnte. Robert besteht darauf, dass es im Hauptteil nur dreihundertfünfundsechzig bisher unbekannte Metaphern und im Nachwort noch einundzwanzig weitere gab. Er sagt, er habe sie sorgfältig gezählt.

Nach all dem, was geschehen war, wünschten sich natürlich alle bei Shirley, dass Robert so bald wie möglich wiederkäme, und alle baten ihn, die Weihnachtstage dort zu verbringen. Er versprach, dies zu tun, aber im letzten Moment musste er sein Vorhaben aufgeben, da sich Mr. Dudleys Gesundheitszustand völlig verschlechterte, ein Vorfall, der Robert mit der gesamten Last des Papiers belastete und es ihm unmöglich machte er solle New York während der Ferien verlassen. Selbst als Robert dort war, machten sich die Verleger Sorgen um die Verwaltung der Zeitung in einer so kritischen Zeit; Aber Roberts alleiniger Erfolg rechtfertigte voll und ganz das Vertrauen, das Herr Dudley in seine Fähigkeit, die Zeitung zu leiten, gespürt und zum Ausdruck gebracht hatte, und als Dudley einen Monat später ganz zurücktrat, um auf der Suche nach Gesundheit ins Ausland zu gehen, wurde unser Freund Robert Pagebrook befördert zu seinem Platz und seinem Gehalt, nachdem er sich in wenigen Monaten eine Position in seinem neuen Beruf erkämpft hatte, die er ohne jahrelange geduldige Arbeit nicht zu erreichen gehofft hatte.

Der Rest meiner Geschichte muss kaum erzählt werden. Den Winter verbrachte Robert mit harter Arbeit, aber die Arbeit war von der Art, dass es ihm Freude bereitete. Er kannte den Wert gedruckter Worte und freute sich über den Besitz jener Kraft, die nur die Druckerpresse einem Menschen verleihen kann, ihn sozusagen vervielfacht und ihn in die Lage versetzt, seine Gedanken vor einem Publikum zum Ausdruck zu bringen zu groß und zu weit verstreut, als dass sie jemals von einer einzigen menschlichen Stimme erreicht werden könnten. Es war auch eine seiner Lieblingstheorien, dass gedruckte Wörter einen Teil der Kraft in sich tragen, die die Presse selbst auf sie ausübt – dass ein Satz, der bedeutungslos über die Lippen seines Autors käme, Dutzende Menschenleben prägen könnte, wenn man ihn in Worte fasste im Typ. Er war und ist ein Enthusiast in seiner Arbeit, und nie ging ein Apostel mit mehr Ernsthaftigkeit oder größerem Verantwortungsbewusstsein daran, ein neues Evangelium zu predigen, als Robert Pagebrook täglich an seinen Schreibtisch bringt.

Der Winter ging in den Frühling über, und als der Frühling seine vielversprechendsten Aussichten bot, fand in Shirley eine stille Hochzeit statt.

Meine Geschichte ist vollständig erzählt, aber mein Freund, der Romane schreibt, besteht darauf, dass ich die Feder nicht niederlegen dürfe, bis ich die, wie er es nennt, losen Fäden eingesammelt und sie zu einem ordentlichen und entwirrten Ende verstrickt habe.

Major Pagebrook , der die mögliche Aufdeckung des Fehlverhaltens seiner Frau befürchtete, legte Geld in die Hände eines Freundes, und dieser Freund wurde Bürge für Dr. Harrisons Erscheinen, als er vor Gericht gestellt wurde. Natürlich begab sich Dr. Harrison in andere Teile, nämlich nach Westindien, wo er ein oder zwei Jahre später an Gelbfieber starb. Auch Foggy verschwand, aber wohin er ging, weiß ich wirklich nicht.

Billy Barksdale ist immer noch Junggeselle und hört immer noch gerne zu, während Tante Catherine die Beziehungen zu ihren Schlüsseln erklärt.

Col. Barksdale hat sich aus der Praxis zurückgezogen und lebt ruhig in Shirley.

Cousine Sarah Ann ist immer noch Cousine Sarah Ann, aber sie lebt jetzt in Richmond, nachdem sie vor Jahren festgestellt hat, dass die Luft des Landes nicht mit ihr übereinstimmt.

Robert und Sudie haben einen hübschen kleinen Ort auf dem Land, nur eine halbe Autostunde von New York entfernt, und manchmal renne ich raus, um einen ruhigen Sonntag mit Cousin Sudie zu verbringen . Robert kann ich jeden Tag in seinem Büro sehen. Ihr ältester Junge, William Barksdale Pagebrook , kam letzten September aufs College.

www.ingramcontent.com/pod-product-compliance
Lightning Source LLC
LaVergne TN
LVHW051539170726
843492LV00006B/1842